www.tredition.de

AF217686

Anna Gnehm

Gesplittert

Fragmente eines Lebens

www.tredition.de

© 2020 Anna Gnehm

Verlag & Druck: tredition GmbH, Halenreie 40-44, 22359 Hamburg

ISBN
Paperback: 978-3-347-02319-2
Hardcover: 978-3-347-02320-8
e-Book: 978-3-347-02321-5

Einleitung

Als Kind litt Nora an einer Leseschwierigkeit und erst in der dritten Klasse wurde dies bemerkt und darauf eingegangen. Innerhalb kurzer Zeit hatte sie es erfasst und begann unverzüglich, auch selber zu schreiben. Die alltäglichen Begebenheiten waren der Ausgangspunkt dafür, mit lebendiger Fantasie wurden Geschichten daraus. Es war für sie ein Bedürfnis, die Ereignisse ihres Lebens in Erzählungen wiederzugeben. Aber niemals teilte sie diesen Bereich ihrer Persönlichkeit mit jemandem, es war einzig der Drang, Schilderungen zu gestalten, der sie dazu veranlasste und motivierte.

Und so fuhr sie fort, alle Begebenheiten, die sie losgetreten hatte oder ihr widerfahren waren, als Geschichten zu erzählen. Es waren die wichtigen Ereignisse ihres Lebens, die sie berührt, beeindruckt und beeinflusst hatten.

Mit zunehmendem Alter begann sie sich jedoch zu fragen, warum ihr denn diese Dinge zugestossen waren. Hatte sie selber durch falsche Entscheidungen alles verursacht oder war es vielleicht sogar ihr Schicksal?

Alle diese Ereignisse waren es, wie Stolpersteine in ihrem Leben, welche ihre Persönlichkeit prägten, und sie öfters zu einem Beschluss führten, den sie weder gewünscht noch gesucht hatte.

Trotz all dieser Erfahrungen hat sie ihren heiteren Sinn bewahren können, hat sich mit all den Umbrüchen ausgesöhnt und geht ihren Weg voll Zuversicht und mit einer lebensbejahenden Grundhaltung weiter.

Der Anfang

Die beiden kleinen Mädchen spielten selbstvergessen in ihrem sonnigen Zimmer. Ihr Bruder war erst drei Monate alt und für die zwei noch unbedeutend. Das Krankenschwester Spiel war bereits vorbei, ebenso das des Krämerladens, und nun spielten sie „Postbüro". Die ältere Vera, sie mochte ungefähr knapp sechs Jahre alt sein, gab durchwegs den Ton an, und die jüngere Nora, gut dreijährig, spielte gehorsam mit. Manchmal rebellierte sie zwar und wollte auch einmal die bestimmende Rolle haben, aber das war völlig aussichtslos bei ihrer überlegenen und herrischen älteren Schwester.

Es kam den beiden seltsam vor, dass sich an diesem Morgen niemand um sie kümmerte, aber es beschäftigte sie nicht sonderlich und sie spielten selbstvergessen weiter. Dann fiel ihnen ein, dass sie eine Kissenschlacht veranstalten könnten. Sie hüpften auf ihren Betten herum, es wurde laut und ungestüm, sie kicherten, kreischten, lachten und genossen ihr Spiel in vollen Zügen.

Plötzlich öffnete sich die Tür, und eine grosse, hagere Frau in schwarzer Kleidung stand im Türrahmen. Sie machte einen resoluten, harten Eindruck und erhob ihre tiefe und irgendwie raue Stimme. Eine strenge und laute Strafpredigt ging auf die beiden nieder. „Wie könnt ihr so laut und rücksichtslos sein, wo doch euer Vater gestorben ist. Schämt euch, ihr Zwei!" Nora verstand kein Wort davon, aber sie begriff, dass es etwas Ernstes sein musste und mit ihrem Vater zu tun hatte. Von diesem Tag an fürchtete sie sich vor der Mutter ihres Vaters, vor deren Stimme und Strenge, bis zu dem Zeitpunkt, als sie selbst erwachsen war.

Für Nora war ihr Vater ein sehr hoher, langer Mann, der bei ihr nur einen diffusen Eindruck hinterlassen hatte. Sie erinnerte sich, dass er sie manchmal in die Luft warf und dann wieder auffing. Insgeheim hasste sie dies, weil sie eine unheimliche Angst dabei verspürte, dass er sie verpassen könnte und sie dann mit voller Wucht auf den Boden knallen würde. Dennoch wehrte sie sich nie, denn sie hoffte jedes Mal, die Angst sei für immer verschwunden. Dem war leider nie so.

Ihr Vater trug Vera täglich, wenn er die Treppe hinunterging, auf seinen Schultern und hüpfte dabei wie ein Pferd im Galopp die drei Stockwerke hinab. Nora schaute zu und bat immer, auch einmal reiten zu dürfen. Die Antwort war stets ein Nein: „Du bist zu klein, es wird dir sicher übel dabei". Sie aber fuhr fort zu betteln, denn sie hatte festgestellt, dass es ihrer Schwester nie übel geworden war. Deshalb war sie dermassen hartnäckig, dass er sie tatsächlich eines Tages auf seinen Schultern reiten liess. Unten angekommen fühlte sie sich wackelig auf den Beinen, ihr war schwindlig und schlecht. Sie wusste nun, dass ihr Vater recht gehabt hatte, sie schämte sich und nahm sich aussergewöhnlich zusammen, denn sie wollte keinesfalls von ihm hören, dass er es ihr ja vorausgesagt hatte.

Nora stellte nach und nach fest, dass der grosse Mann in der Familie nicht mehr vorhanden war. Ihre Schwester versuchte ihr klar zu machen, dass es ihr verstorbener Vater sei, der jetzt fehlte. Was sterben bedeutete verstand Nora nicht, aber sie spürte, dass die Stimmung in der Familie eine andere geworden war, seit er nicht mehr da war.

Eines Tages setzte sich ihre Mutter auf die kleine, gelb gestrichene Bank im Korridor und fing an, bitterlich mit den Händen vor ihrem Gesicht zu weinen. Nora schaute ihr zu, erschrak zutiefst und wusste nicht, wie weiter, denn sie fühlte sich völlig hilflos und verunsichert. Der Zustand ihrer Mutter war so neu und beängstigend, dass sie erstarrt und voller Angst einfach stehen blieb und ihre Mama betrachtete. Dann folgte sie einer unbewussten Eingebung, setzte sich einfach daneben und begann, ebenso herzzerreissend und erbärmlich zu schluchzen und zu weinen.

Ungefähr ein halbes Jahr später zog die Mutter mit ihren drei Kindern von Zürich wieder in die Nähe von Bern, von wo sie herkam. Auch ihr Vater und seine Anverwandten lebten dort, ebenso wie ihre Schwiegereltern und deren Familie.

In einem Zweifamilienhaus mit Garten hatte sie eine Dreizimmer Wohnung mit verglaster Veranda und direkter Treppe in den Garten gefunden. In diesem Wintergarten konnten Vera und Nora hingebungsvoll und stundenlang miteinander spielen, solange sich Nora den ewigen Anweisungen ihrer älteren Schwester unterzog.

Nach geraumer Zeit besuchte Vera den Kindergarten und später die Schule. Nora fing an, sich mit ihrem kleinen Bruder Lars zu beschäftigen. Sie setzte sich zu ihm ins Laufgitter und las ihm Geschichten vor, wobei sie wichtig ein Buch, jeweils auch verkehrt herum, auf ihren Knien im Gleichgewicht zu halten versuchte. Mit wanderndem Zeigefinger fuhr sie alsdann den Zeilen entlang und erzählte dem Kleinen irgendetwas. Er hörte zu, schaute sie an und war genauso gelehrsam und gefügig, wie Nora bei ihrer Schwester gewesen war.

Einmal wurde sie vom Teufel geritten und bat ihn, die Schuh-sohlen ihrer Pantoffeln abzulecken, was er ohne Murren tat. Da erschrak sie sehr und wunderte sich, wie und warum sie ihn hatte dazu bringen können, so etwas Gruseliges zu tun. Sie schämte sich vor sich selber und wusste nicht, warum sie das getan hatte und er ihr auch noch gehorcht hatte. Gerne hätte sie es ungeschehen gemacht oder dem Bruder erklärt, dass es ihr leid tat; er aber war viel zu klein, als dass er dies hätte verstehen können.

Ein anderes Mal schnitt sie ihm mit einer grossen Schere ei-nige seiner blonden Locken ab und erwartete einen heftigen Widerstand, ja sogar die Weigerung, damit sie sich mit ihm hätte auseinandersetzen können. Aber nichts Derartiges ge-schah, er liess alles willig mit sich geschehen, so dass es Nora verleidete, sich mit ihm abzugeben. Sie hatte gehofft, er würde widersprechen, weil sie gerne mit ihm gestritten hätte. Dafür war er höchstwahrscheinlich einfach noch zu jung.

Von nun an wartete sie nur noch sehnsüchtig auf den Zeit-punkt, wenn sie alt genug für den Kindergarten sein würde und freute sich riesig darauf. Sie hatte keine Vorstellung da-von und war fest überzeugt, dass es ihr dort sicher bestens gefallen werde. Leider folgte die Ernüchterung nur zu schnell.

Anders

Warum war Nora anders?

Warum interessierten sie nicht die gleichen Dinge, wie all die andern?

Wie konnte sie dieses Gefühl des Fremdseins in ihren Griff bekommen?

Seit wann war es denn so?

Nora stand vor einem Berg von Fragen.

Der Weg in den Kindergarten erschien Nora sehr weit. Er führte durch Wiesen, dann an einem Bauernhof vorbei, über eine grosse Strasse, einem Bach entlang und über die kleine Brücke zum Gebäude des Kindergartens. Sie hatte sich danach gesehnt, endlich alt genug zu sein, um allein dorthin gehen zu können! Darauf freute sie sich jetzt umso mehr.

Bereits einige Wochen später stellte sie jedoch traurig fest, dass sie hier irgendwie nicht hineinpasste. Was auch immer sie sagte, tat oder machte, war auf eine gewisse Weise nicht richtig. Nicht eigentlich falsch, aber einfach nicht so ganz, wie es die anderen Kinder machten, und es das „Fröilein" erwartete. Sie wurde getadelt, ja sogar ausgeschimpft und vor den anderen Kindern blossgestellt. Sie merkte zum ersten Mal in ihrem Leben, dass sie irgendwie fremd war und hatte keine Ahnung, warum das so war und wie sie damit umgehen sollte, um auch dazu zu gehören.

Vorerst einmal begann sie damit, die andern zu beobachten, um heraus zu finden, was diese denn so anders machten als sie. Ein erleuchtender Erfolg blieb ihr versagt.

Eines Tages sollten alle ein Haus zeichnen, in dem sie gerne wohnen möchten. Nora malte ein Schloss auf einem Berg, zu dem ein kleiner Zickzack-Weg führte. Sofort wurde sie getadelt, denn es sollte ein Haus zum darin leben sein. Und nicht ein Luftschloss!

Bei anderer Gelegenheit sollte sie eine kleine Geschichte nacherzählen. Sie schmückte diese so fantasievoll aus, dass die Erzählung kaum mehr zu erkennen war. Die Vorstellungkraft des „Fröileins" war völlig überfordert und es setzte wieder Schelte ab. Nora merkte, dass sie in dieser Gemeinschaft eine Fremde war.

Sie war traurig und verstört, denn sie gab sich stets Mühe und jedes Mal schien es falsch zu sein. Es machte sie ängstlich und sie äusserte sich kaum mehr, sondern versuchte, sich anzupassen. Deshalb tat sie nunmehr alles bedächtig, um bei den anderen Kindern abschauen zu können, wie diese eine Aufgabe lösten. Im Nachahmen war sie allerdings nicht sehr erfolgreich.

Wiederum stellte sie fest, dass sie irgendwie nicht in das Muster passte, etwas war bei ihr anders und sie fühlte sich nicht zugehörig. Sie war scheinbar zu abweichend von der Norm, weshalb sie merklich passiv und zögerlich wurde, da sie keinesfalls mehr als andersartig auffallen wollte. Aus diesem Grund ging sie eigentlich nur noch widerwillig in den Kindergarten und verlegte ihre Hoffnung auf den Schuleintritt. Dabei bildete sie sich ein, dort würde es dann nicht mehr so sein, sondern viel besser.

Das Einzige, was ihr den Kindergarten noch erträglich machte, war, dass sie sich auf ihre kindliche Art, aber durchaus ernst und bewusst, in einen ihrer Kameraden verguckt hatte. Er hiess Eduard, war grösser als sie und sang die zweite Stimme, was ihr unheimlich Eindruck machte. Von ihr und ihrem Gemütszustand nahm er jedoch keinerlei Notiz. Auf Nora übte er jedenfalls eine seltsame Anziehung aus, die sie fröhlich machte. Unbekümmert schwärmte sie für ihn, und dieser Umstand trug dazu bei, ihr den Kindergarten auch wieder einigermassen angenehm zu machen.

Bereits am ersten Schultag fiel sie wieder auf. Die Lehrerin fragte die Mädchen, wer denn noch nicht stricken könne und Nora hob unbedacht und munter den Zeigefinger in die Höhe. Sie hatte nie Lust verspürt, stricken zu lernen und war die Einzige, die es nicht konnte. Durch diese Tatsache fühlte sie sich bereits wieder gemassregelt. Die Lehrerin verlangte von ihr, bis Ende Woche stricken zu können. Oh Schreck, oh Graus! Mit viel Einsatz, Mühe und Fleiss schaffte sie es, doch das Ergebnis erfüllte sie keineswegs mit Stolz.

Ihre Religionslehrerin war eine Respekt-heischende, grosse und stattliche Frau, in einen schwarzen Herrenanzug mit weissem Hemd und schwarzer Krawatte gekleidet. Sie machte auf Nora einen furchteinflössenden Eindruck, alles andere als vertrauensvoll. Die Klasse sollte die Legende der Sintflut wiedergeben und Nora machte daraus unverzüglich ein lustiges, modernes Märchen.

Sie siedelte die Erzählung in einem Schwimmbad an, bei dem von zauberhafter Hand das Wasser immer mehr wurde, die Umgebung überflutete und die Menschen sich auf unerklärliche Weise retten konnten. Sie wurde auf der Stelle aufs Heftigste ausgeschimpft, die Lehrerin kochte vor Wut und tobte einem Erdbeben gleich. Die ganze Klasse war vor Schreck erstarrt und mäuschenstill. Nora erschrak und wurde einen

Augenblick lang ganz klein, sogar winzig, ein Nichts, wie vom Erdboden verschluckt. Doch dann regte sich ihr Widerspruchsgeist und sie war wieder da, kühl und ihrer Sache sicher. Noras Respekt vor der Religionstante war verflogen und sie beharrte auf ihrer Geschichte.

Dieses Vorkommnis lehrte Nora ein für alle Mal, ihre persönliche Sichtweise von nun an zu verbergen und zu versuchen, sich gemäss der gängigen Art und Weise auszudrücken und zu verhalten. Sie fühlte sich verletzt und ausgegrenzt. Dies führte dazu, dass sie anfing, ihr Eigenleben geheim zu führen und nach aussen angepasst zu erscheinen. Aber in ihrem Innern rumorte es, sie wurde aufmüpfig und widersprüchlich, denn sie fühlte sich ohnehin nicht zugehörig.

Kaum konnte sie einigermassen schreiben, fing sie an, über ihr reiches Innenleben nachzudenken, es in geschriebener Weise leben zu lassen und zu geniessen. Äusserlich wurde sie merklich vorwitzig und keck, spielte öfters ein Theater vor und führte die Mitmenschen an der Nase herum, in der Gewissheit, sowieso nicht ernst genommen zu werden. Sie lebte von nun an auf zwei Ebenen, zwar zeitverschoben, aber beide waren künftig in ihrem Leben fest verankert. Es wurde ihr unmöglich und längst nicht mehr wünschenswert, sie erfolgreich zu vernetzen, aber das störte sie nicht mehr.

Selbst heutzutage, in gereiftem Alter, bestehen die beiden Welten fein säuberlich getrennt; es bräuchte und bedeutete sehr viel, jemals einen Blick in diese verborgene Welt zu werfen.

Der Verrat

Nora war in der zweiten Klasse, nett, brav und angepasst, in keiner Weise aus der Reihe tanzend. Aus unerklärlichen Gründen hatte die Lehrerin, Frau Sims, sie zu ihrer Lieblingsschülerin auserkoren, und Nora genoss eine Art Narrenfreiheit bei ihr.

Zwar konnte Nora immer noch nicht lesen, jedoch derartige Hausaufgaben liess sie sich von ihrer älteren Schwester vorlesen, erlernte so den Text in groben Zügen, und liess ihn sich etwas später nochmals von ihrer Mutter vorlesen. Danach beherrschte sie ihn bereits auswendig.

Wurde sie nun wirklich ausnahmsweise aufgefordert, den Text vorzulesen, ratterte sie ihn so schnell sie konnte herunter, und Frau Sims schien nichts Besonderes dabei zu bemerken, schon gar nicht, dass Nora gar nicht lesen konnte.

Eines Tages wurde sie von einer teuflischen Neugierde gepackt und wollte herausfinden, wie weit sie Frau Sims mit Gemeinheit an der Nase würde herumführen können.

Genau in dem Augenblick, als Peter aufgefordert wurde, nach vorne an die Wandtafel zu gehen, stellte Nora ihren Fuss in den Gang, worauf Peter erwartungs- und ordnungsgemäss der Länge nach zu Boden fiel. Natürlich schimpfte ihn Frau Sims für seine Unachtsamkeit aus, er aber sagte zu seiner Verteidigung, dass ihm Nora einen Fuss in den Weg gestellt hatte. Diese jedoch verneinte die Beschuldigung vehement und Frau Sims zweifelte keinen Augenblick an ihrer Aussage. Peter, der doch die Wahrheit sprach, bekam auch noch wegen Lügens Schelte.

Da wurde Nora zum ersten Mal klar und bewusst, wie leicht es war, wohlwollende und gut meinende Menschen hinters Licht zu führen, indem man nur hartnäckig genug andere beschuldigte, um selber reingewaschen dazustehen. Es war eine unangenehme Erkenntnis und machte Nora, trotz ihres Altes, sehr nachdenklich und traurig. Sie hütete sich, diesen Vorfall jemals jemandem zu erzählen, denn sie schämte sich ausserordentlich ihrer Gemeinheit und Falschheit, ja Verlogenheit.

Peter war entrüstet, enttäuscht und wütend. Wie konnte ihn Nora so beschuldigen und der Strafe der Lehrerin aussetzen, wo er doch gar nichts getan hatte. Ausgerechnet sie, seine bewunderte und geschätzte Freundin, von der er so angetan war, weil er sie so gut mochte, das konnte doch gar nicht möglich sein! Die Enttäuschung über ihr schändliches Verhalten lag zentnerschwer auf seinem Magen, aber sein Zorn kannte in diesem Moment keine Grenze mehr.

Seit er mit Nora zusammen zur Schule ging, wanderten sie gemeinsam dorthin, da sie beide in der gleichen Strasse wohnten. Wohl hatten sie manchmal kleinere Meinungsunterschiede, aber es berührte ihre Freundschaft nicht wirklich. Was war denn nur so plötzlich in Nora gefahren? Wie konnte sie so gemein sein? Er beschloss, ihr auf dem Heimweg abzupassen, um sie dann so richtig zu verhauen.

Nora beobachtete Peter verstohlen, denn sie hatte ein kohlrabenschwarzes Gewissen wegen ihrer dreisten Lüge, welche ihrem besten Freund die Strafe eingetragen hatte, die eigentlich ihr gebührte. Sie hätte alles am liebsten ungeschehen machen wollen, aber sie wusste, dass dies unmöglich war. Zudem war sie zu feige, um zu Frau Sims zu gehen und es ihr zu beichten. Was hatte sie denn schon als Erklärung? Wie würde ihr verlogenes Verhalten für ihre künftige Schulzeit eingestuft werden? Sie wusste ja selber nicht, warum sie dies getan hatte, wie sollte sie es denn erklären können?

Allerdings wusste sie auch, dass ihr Peter sicher auflauern würde, um sie zu verhauen. Demzufolge würde sie einfach warten, bis Frau Sims die Schule verliess und dann mit ihr zusammen weggehen. Das war die einzige Lösung, die ihr möglich schien, um aus diesem Konflikt herauszukommen!

Als die Schulglocke das Ende des Unterrichts anzeigte, wartete Peter hinter einer Hausecke auf Nora. Zur Verstärkung hatte er seinen Freund Heinz, der genauso entsetzt war, mitgenommen, damit seine Rache die nötige Wirkung zeigte. Aber Nora kam und kam nicht. Die Buben hatten bereits beschlossen, heim zu gehen, als sie endlich in Begleitung von Frau Sims heraustrat und an den beiden vorbeiging. Peters Atem stockte vor Wut, aber ein Angriff unter den gegebenen Umständen war nicht mehr denkbar.

In Peters Innerem machte sich eine riesige Bitterkeit bemerkbar, deren er kaum Herr wurde. Mit Tränen in den Augen trottete er allein, wie ein geschlagener Hund, nach Hause. Er spürte nur noch Enttäuschung, Ernüchterung und Traurigkeit.

Die Aufnahmeprüfung

Der Film, den sie eben gesehen hatte, war bereits aus ihrem Gedächtnis verschwunden, aber der Vorfilm hatte es ihr angetan. Sie wanderte durch die kleine englische Stadt und überlegte sich, erneut ins Kino zu gehen, um den Vorfilm nochmals ganz genau anzusehen. Er zeigte eine bis in die Haarspitzen makellos aufgeputzte junge Frau in Uniform, die als Air Hostess für die Britische Fluggesellschaft BOAC tätig war. Das wäre doch etwas, reisen, die Welt sehen, Menschen kennen lernen und dabei erst noch Geld verdienen? Was gab es denn Besseres als dies?

Kurzerhand schrieb sie an die schweizerische Fluggesellschaft Swissair und bat um die Bewerbungsunterlagen. Sie studierte diese gründlich, von vorne nach hinten und wieder zurück und war fest entschlossen, einen Versuch zu machen. Um dabei überhaupt Erfolg zu haben, musste sie alle Fremdsprachen im entsprechenden Sprachgebiet vertiefen, an Gewicht verlieren und noch etwas älter werden, denn sie war unter dem geforderten Mindestalter.

Von nun an füllte sie sich den Teller nur noch halb, auch nicht mehr zweimal und belegte einen Weiterbildungskurs in Englisch an der lokalen Abendschule in ihrer kleinen englischen Stadt. Ausserdem verwickelte sie ihre Schlummermutter in allerlei Gespräche über Gott und die Welt, um wie eine Einheimische sprechen zu lernen. Anschliessend ging sie nach London und liess sich dort anhand eines Examens ihre fundierten Sprachkenntnisse bestätigen.

Daraufhin reiste sie nach Paris, um an einer dortigen Sprachschule ihr Französisch zu polieren. Sie wohnte bei einer Pariser Familie, deren Tochter gleich alt war wie sie, und so nutzte sie die Möglichkeit, in der fremden Sprache parlieren zu lernen, als wäre sie eine echte Französin.

Mittlerweilen hatte sie ihre Bewerbung abgesandt und war tatsächlich zu einer Eignungsprüfung eingeladen worden. Sie fühlte sich gut vorbereitet und blickte der Sache ruhigen Sinnes entgegen. An dem genannten Datum fuhr sie nach Zürich und begab sich auf den Flughafen Kloten in die dafür bezeichneten Räumlichkeiten. Ungefähr zwanzig junge Damen und acht Herren hatten sich eingefunden. Nach der Begrüssung wurden sie gruppenweise zu den entsprechenden Experten beordert.

Die Aufnahmeprüfung begann für alle mit Warten. Gespräche kamen nur spärlich zustande, der Konkurrenzdruck und die Nervosität vereitelten dies gänzlich. Die Zeit zog sich dahin, die Geduld nahm nach und nach ab!

Endlich, nach einer scheinbaren Ewigkeit, wurde sie aufgerufen und nahm in einem kleinen Büroraum gegenüber ihrem Befrager Platz. Er war ein kleiner, schmächtiger Mann mittleren Alters, eher unscheinbar. Auf seiner Nase thronte eine übergrosse, schwarz umrandete Brille, die wahrscheinlich helfen sollte, ihm eine gewisse Wichtigkeit zu verleihen. Seine Stimme war jedoch, wider Erwarten, sehr angenehm und gefiel ihr.

Er wollte von ihr genau wissen, warum sie Air Hostess werden wolle. Bereitwillig und beflissen erklärte sie ihm, dass sie Menschen liebe, sie gerne verwöhne und ihnen die Wünsche vom Gesicht ablesen könne. Sie betonte ebenso, dass ihr unregelmässige Arbeitszeiten keinerlei Mühe bereiteten und auch unberechenbare Essenszeiten bedeutungslos seien. Der einsilbige Frager nickte hie und da und machte sich dauernd Notizen. Dann bedankte er sich und bat sie, im Nebenraum alles zu Papier zu bringen, was sie ihm erzählt hatte, diesmal aber bitte in einer Fremdsprache.

Sie setzte sich hin und verfasste ihren Text in Englisch, legte ihn auf den Stapel und verliess den Raum.

Im Gang liess sie sich auf den ersten Stuhl an der Wand nieder und das Warten fing von neuem an. Als nächstes würde sie zum Firmenarzt gerufen werden. Warten und Geduld waren angesagt! Sie hatte Durst und wäre gerne ein wenig an die frische Luft gegangen, aber sie bezwang sich und blieb weiterhin wartend sitzen.

Endlich ging eine Tür auf und der Arzt bat sie in seinen Praxisraum. Er war gross und noch nicht alt, sehr freundlich und blickte sie irgendwie forschend an, so dass sie das Gefühl beschlich, etwas sei nicht in Ordnung mit ihr. Auf seinem Tisch erspähte sie ihre Bewerbung und sah, dass er einen roten Kreis um ihren Jahrgang gezogen hatte. Damit fing er auch gleich an und erklärte ihr klipp und klar, dass sie für diesen Job zu jung sei. Die physische Anstrengung sei nicht zu unterschätzen und ihre Gesundheit könnte möglichweise darunter leiden. Er fragte sie, ob sie denn nicht lieber erst im nächsten Jahr kommen wolle. Sie verneinte dies nachdrücklich und sagte ihm, dass sie bereits an der Dolmetscherschule in Genf angemeldet sei, für den Fall, dass sie nicht angenommen würde.

Im Grunde genommen fand sie dieses Prüfungsvorgehen der-massen langfädig und gleichförmig, dass sie nunmehr kaum mehr grossen Wert auf eine Beschäftigung bei der Swissair legte. Stets kamen die gleichen Fragen und immer diese Schönfärberei der Antworten, sie war es müde und hatte es satt.

Als letzte Instanz sollte sie nun noch von der Chef Hostess befragt werden. Die Frau hinter dem Pult war ältlich, gries-grämig und schaute sie streng aus kalten Augen an. Wenn diese Person die Vorgesetzte aller Hostessen war, dann war es ihr mehr als recht, nicht angenommen zu werden. Selbst-verständlich kamen jetzt wieder dieselben Fragen wie zuvor. Diesmal aber würde sie ehrlich die Wahrheit sagen, ohne Schnörkel und Beschönigung.

Auf die erste Frage, warum sie denn diesen Beruf ausüben möchte, sagte sie rundheraus und keck, dass sie die Welt se-hen und bereisen möchte und dabei auch noch Geld verdienen könne. Das war ohnehin die nackte Wahrheit und dies nicht nur für sie.

Es war ihr nachgerade völlig einerlei und nicht mehr so wich-tig, wie alles ausgehen würde. Nach dieser letzten Befragung, die sie in ihrem leicht aufmüpfigen Ton beantwortet hatte, konnte sie wohl kaum noch damit rechnen, angenommen zu werden. Einerseits bedauerte sie dies schon ein wenig, ande-rerseits waren die Erfahrungen dieses Tages nicht gerade ge-eignet für sie, in Begeisterung auszubrechen.

Erleichtert und um eine Erkenntnis reicher reiste sie wieder ab und fuhr nach Hause.

Nach ungefähr sechs Wochen lag ein Brief von der Swissair im Briefkasten, mit der Nachricht, dass sie die Eignungsprüfung bestanden hatte und angenommen worden war!

Zwischenfall mit DC-3 Flug

Noch ein letzter Blick in den Spiegel, doch: Die Haare waren in Ordnung, sie war dezent zurechtgemacht, wie es sich für eine Swissair Hostess gehörte, die Schuhe glänzten und die Bluse war gewaschen, gebügelt und roch frisch. Heute hatte Nora einen ziemlich einfachen Einsatzplan, sie musste einen Zubringerflug von Zürich nach Genf und anschliessend wieder zurückbegleiten. Die dazu vorgesehene DC -3 war ein zweimotoriges Propellerflugzeug, welches maximal 28 Passgiere fasste. Auf den Flügen dieses Typs war meistens nur eine Hostess eingesetzt, weil das Flugzeug selten voll besetzt war.

Nora verliess das Haus, begab sich zur Busstation und fuhr nach Kloten zum Flughafen. Dort holte sie die für ihren Flug notwendigen Papiere und stellte zufrieden fest, dass nur 12 Passagiere gebucht waren. Das bedeutete für sie keine aussergewöhnliche Anstrengung oder Hektik, sondern langsam arbeiten und wer weiss, vielleicht noch für den einen oder andern Passagier Zeit für ein freundliches Wort oder ein kurzes Gespräch zu haben.

Frohgemut und in ihrem gewohnten zügigen Schritt ging sie direkt auf das Flugzeug zu und bereitete alles für ihre Aufgabe vor. Es wurden Kaffee oder sonst ein Getränk angeboten, zusammen mit einem frischen und verführerischen Gipfeli, oder auch deren zwei, es waren genügend vorhanden. Die beiden jungen Piloten, Edi und Marco stiessen dazu. Nora freute sich, weil sie mit beiden schon öfters zu Dritt gemeinsam Flüge abgewickelt hatten. Kurz darauf brachte eine Hostess des Bodenpersonals die Passagiere an die Treppe zum Einsteigen.

Nora begrüsste sie nach Vorschrift, Hütchen auf dem Kopf und die Hände in weissen Handschuhen. Alle suchten sich ihren Platz und machten es sich für die nächste Stunde bequem. Der Flug war kurz und diente nur dazu, in Genf einen Anschluss für einen Weiterflug irgendwohin auf der Welt zu gewährleisten. Motorenkontrolle und Start verliefen ordnungsgemäss und die beiden Propeller drehten sich so schnell, dass deren drei sich drehenden Blätter wie eine runde Scheibe aussahen. Die Passagiere waren ruhig, tranken ihren Kaffee und freuten sich über die frischen und wohlriechenden Gipfeli. Nach einer knappen Stunde landete die Maschine plangemäss in Genf und alles Weitere nahm seinen gewohnten Gang.

Nora blieb an Bord und hatte Zeit, sich selber einen Kaffee zu genehmigen. Dann bereitete sie die Kabine wieder für den Rückflug nach Zürich vor.

Kurz danach stiegen die Passagiere ein, diesmal nur acht, und alles verlief nach demselben Muster.

Plötzlich aber bemerkte Nora, dass sich der Propeller links immer langsamer drehte. Sie ging schnurstracks ins Cockpit, um zu erfahren, was geschehen war. Ein Triebwerk war ausgefallen und die Piloten hatten beschlossen, deswegen nach Genf zurückzukehren, um den Schaden beheben zu lassen.

Nora hatte nun die schwierige Aufgabe, die Passagiere über ihr Pech zu informieren, wobei einige von ihnen bereits bemerkt hatten, dass ein Triebwerk ausgefallen sein musste. Es begann ein Gezeter, jeder redete zur selben Zeit, die Frauen schrien, weil sie Angst hatten. Die Männer waren wütend, weil sie sich sorgten, ihren Anschlussflug in Zürich zu verpassen, oder vielleicht auch, weil sie sich insgeheim fürchteten.

Nur mühsam konnte Nora die verschreckten Passagiere einigermassen überzeugen, dass es nicht gefährlich sei. Marco, einer der Piloten kam in die Kabine und nahm sich die Mühe, die aufgeregten und aufgebrachten Menschen von einer Bagatelle zu überzeugen, und Nora versicherte ihnen, dass sie alle wieder selbstverständlich völlig sicher in Genf landen können. Sie verteilte Gutscheine für einen Imbiss und hoffte, dass alle später einigermassen beruhigt und zufrieden die DC-3 wieder besteigen würden.

Nach einer Stunde des Wartens konnte der Flug von neuem starten und alles schien bestens zu funktionieren. Die Passagiere hatten sich mit der Tatsache des verpassten Anschlussfluges ausgesöhnt, denn die Piloten hatten allen versichert, dass sie von der Swissair grosszügig für den erlittenen Schaden entschädigt werden würden.

Da geschah das unerwartete Missgeschick: Wieder stellte das linke Triebwerk ab, und die Drehung des Propellers verlangsamte sich stetig, bis schliesslich die drei Blätter ruhig und unbewegt am Flugzeugflügel festsassen und sich keinen Millimeter mehr bewegten. Es war ein seltsamer Anblick, das Gefühl, mit stehendem Propeller zu fliegen.

Erneut breitete sich der Schock, das Entsetzen, die Entrüstung und Angst unter den Passagieren aus. Einige Frauen fingen an zu schluchzen und zu weinen, weil sie glaubten, abzustürzen. Die Piloten informierten Nora, dass sie nach Zürich weiterfliegen würden, denn die Kraft des einen Triebwerks war ausreichend, um sicher bis nach Zürich zu gelangen. Nora glaubte ihm und hatte volles Vertrauen, wie sie auch in ihrer ganzen fliegerischen Laufbahn nie Angst gehabt hatte.

Aber die aufgebrachten Passagiere wieder friedlich und versöhnlich, ja sogar fügsam zu stimmen, das war harte Knochenarbeit. Mit dem einfachen Ratschlag, nicht mehr aus dem Fenster zu schauen, brachte Nora eine, zwar angespannte, aber dennoch beruhigende Wirkung und Atmosphäre zustande. Sie setzte sich neben eine von Furcht ergriffene Frau, hielt ihre Hand und versuchte, sie zu beruhigen. Allerdings konnte sie es sich selber nicht versagen, einen kurzen Blick auf die Lage draussen zu werfen. Sie hatte den Eindruck, als könne sie die Tannen des Waldes unter ihr wie Möhren aus dem Boden ziehen, so tief flogen sie bereits.

Das Flugzeug jedoch landete sicher am Ende einer Piste, der laufende Propeller wurde gestoppt und die Maschine stand bewegungslos und völlig einsam da, weit und breit schien es nichts ausser Landschaft zu geben.

Nach einiger Zeit erschien ein kleines Auto, richtig winzig neben der DC 3, und zog diese rückwärts zum Hangar. Die Anschlussflüge der Passagiere waren alle weg, aber letztere waren wenigstens wieder in ihrer Alltagsstimmung gelandet. Auch Noras Anschluss war weg, denn sie hätte noch nach München fliegen sollen.

Für sie persönlich war der Flug ein intensives und lehrreiches Erlebnis gewesen, auch erbauend, weil sich etliche der Passagiere bei ihr für ihr tröstendes und beruhigendes Verhalten bedankt hatten.

Freier Fall

Es war noch recht früh am Nachmittag, aber Nora sass bereits im Bus zum Flughafen. Heute war sie doch tatsächlich etwas nervös, ein klein wenig Lampenfieber verspürte sie, ein leichtes Zittern in der Magengegend und heisse Handflächen, denn heute flog sie wieder allein in einer DC-3 nach Hamburg. Bei ihren bisherigen Flügen waren sie stets zu zweit gewesen, jeweils ein Neuling zusammen mit einer älteren, erfahrenen und erprobten Hostess. Sie war jung und noch neu und hatte kaum viel auf ihren Einsätzen als frisch gebackenes Kabinenpersonal der Swissair erlebt.

Nur gut, dass sie diesen Flugzeugtyp besonders mochte, es war ein Flugzeug ohne Druckkabine und durfte demzufolge kaum höher als etwa 3000 m ü. M. fliegen, ansonsten benötigten die Passagiere den Sauerstoff an Bord. Das Schöne an der Sache aber war, dass man bei schönem Wetter die Landschaft, die gerade überflogen wurde, in allen Einzelheiten betrachten konnte, was besonders bei einer Alpenüberquerung grossen Eindruck machte. Im Übrigen strahlte das Innere des Flugzeugs etwas wie Behaglichkeit aus, es war lcicht zu überblicken und hütete keinerlei Geheimnisse oder tote Winkel.

Insgeheim freute sich Nora auf diesen Flug, ungeachtet ihrer kleinen Unsicherheit; sie gab sich einen Ruck und versuchte, nur noch in gutem Sinne an die bevorstehende Reise zu denken.

Sie schlenderte zum Büro, um die Bordpapiere entgegen zu nehmen. Dabei stellte sie freudig fest, dass nur etwas mehr als die Hälfte der Sitze gebucht waren, und das vorwiegend von Geschäftsherren, was sie sich aus der Namensliste der

Passagiere zusammenreimte. Gemächlich und guten Mutes bummelte sie auf die Maschine zu und stieg ein. Noch war das Putzpersonal emsig am Wirken, aber nach ein paar freundlichen Worten zogen sie mit ihrem Material davon. Nora begutachtete die Bordküche, zählte die Mahlzeiten, kontrollierte Getränke und Geschirr und setzte sich beruhigt und zufrieden in die vorderste Reihe.

Sie fand es plötzlich seltsam, dass sie nie als Passagierin irgendwohin geflogen war, bevor sie sich für diese ihre Laufbahn entschieden hatte. Dabei malte sie sich aus, wie es wohl wäre, selber bedient zu werden, natürlich von einer freundlichen und liebenswürdigen Hostess und dann einfach zurück zu lehnen und den Flug zu geniessen. Sie schmunzelte vor sich hin und nahm sich vor, diese andere Seite des Fliegens auch einmal zu erleben.

Nach diesen Träumereien gewahrte sie bereits die Gruppe Menschen, die über das Rollfeld auf sie zukamen; es waren ihre Passagiere! Sofort war der Rest ihrer Nervosität vollkommen verflogen und sie freute sich auf ihren Einsatz. Draussen herrschte wunderschönes, sonniges Sommerwetter, dazu wehte eine kleine Brise, so dass es nicht zu heiss war. Die Piloten stiegen zu, die Türen wurden geschlossen und das Abenteuer konnte beginnen.

Nora ging ins Cockpit, um die beiden ihr schon bekannten Piloten zu begrüssen. Dabei rieten sie ihr, mit der obligaten Bedienung möglichst bald zu beginnen, denn es waren Turbulenzen im Laufe des Fluges zu erwarten. Nach dem Start offerierte sie vorerst die Getränke und informierte die Gäste, dass ein typischer Bündnerteller für sie hergerichtet worden war. – Der Flug verlief äusserst ruhig, die Passagiere verhielten sich gelassen und schienen die Mahlzeit zu geniessen, so dass sich Nora keinerlei Turbulenzen vorstellen konnte. Sie räumte ab, brachte den Kaffee mit Nachtisch und alles verlief völlig geruhsam und störungsfrei.

Plötzlich und schlagartig flog die DC-3 in eine grauschwarze Wolkenwand und begann zu schaukeln und zu trudeln, wie ein steuerloses Schiff auf rauer See. Einige der Passagiere schrien, andere hielten sich an den Lehnen ihrer Sessel fest und Nora war wirklich heilfroh, dass alle angeschnallt waren. Sie versuchte, sich taumelnd auf den Beinen zu halten, als plötzlich ein grelles, gleissend weisses Licht die Kabine erhellte und diese wie ein Stein zu fallen begann.

Nora war mit einer Kaffeetasse im Gang gestanden, als der Blitz das Flugzeug getroffen hatte. Ein schwerer Schlag auf ihren Kopf machte sie auf der Stelle bewusstlos. Erst später, als sich die Maschine wieder langsam in ihrem Gleichgewicht eingependelt hatte und ziemlich ruhig weiterflog, merkte sie, dass sie am Boden sass. Zwar hatte sie eine Beule am Kopf abbekommen, viel qualvoller aber war, dass sie glaubte, sich die Zunge abgebissen zu haben. Der Schmerz war so betäubend stark, dass sie meinte, einen Teil ihrer Zunge im Mund wieder finden zu müssen. Irgendwann stellte sie jedoch fest, dass diese noch ganz war, allerdings dick geschwollen und sich kaum noch bewegen liess. Ein normales Sprechen war gar nicht mehr möglich.

Nora wurde von einer unklaren Angst ergriffen, nahm sich jedoch zusammen, raffte sich mühsam wieder auf und schaffte es mit grösster Anstrengung, den Schmerz, die Tränen und das Losheulen zurück zu halten.

Der schreckliche Vorfall war wie ein bedrohlicher und gefährlicher Spuk so blitzartig verflogen wie er gekommen war.

Alle Passagiere hatten Mitleid mit Nora und gaben ihr gut gemeinte Ratschläge. Als sie sich einigermassen wieder gefangen und erholt hatte, ging sie ins Cockpit, um sich nach der Ursache dieses Zwischenfalls zu erkundigen. Die Piloten schauten sie an, grinsten und bemerkten belustigt, es wäre jeweils besser, angeschnallt zu sein! Darauf erklärten sie ihr, dass die Maschine vom Blitz getroffen worden sei und darauf in ein Luftloch gefallen war. Das sei weiter nicht schlimm, schwerwiegender und bedenklicher sei allerdings, dass sämtliche elektrischen Anzeigen und Navigationsgeräte nicht mehr in Betrieb waren und sie nur bei Sicht landen konnten, was von der Witterung in Hamburg abhing.

Nora beschloss mit ihrer schweren, dicken Zunge, den Passagieren nur eine Kurzfassung von diesem Befund mitzuteilen, zumal nun bereits wieder die Sonne schien und die Landschaft in frischen Farben unter ihnen vorbeizog. Also berichtete sie lediglich von der bevorstehenden Landung nach guter Sicht. Kein einziger Passagier rebellierte gegen diese Tatsache, ganz im Gegenteil, alle waren aufgeräumt, erleichtert und frohgemut; die Landung in Hamburg erfolgte mühelos in strahlendem Sonnenschein.

Die kleine Besatzung, zwei Piloten und Nora, begaben sich zum Hotel und trafen sich nach einer kurzen Erholungspause im Speisesaal zum Nachtessen. Die Speisekarte war verführerisch und der Wahlmöglichkeit waren keine Grenzen gesetzt. Nora und ihrer wunden Zunge aber blieb nur eine lauwarme Suppe zur Wahl und möglicherweise ein Glas guten Weines!

Ein denkwürdiger Flug

Es regnete in Strömen, als Nora vom Bus über den Platz rannte und im Flughafengebäude verschwand. Ihr heutiger Flug versprach ein Genuss zu werden, denn sie würden über die Alpen nach Nizza gelangen. Es war jedes Mal ein besonderes Vergnügen, mit der DC-3 über die Berge zu schweben, und weil diese keine Druckkabine hatte, konnte sie kaum höher als ungefähr 3`000 m ü. M. hochsteigen. Diese bescheidene Höhe versprach eine besonders gute Sicht auf die Alpen.

Nora holte ihre Papiere und eilte zu ihrer DC-3, welche bereits flugfertig mit offener Tür auf dem Rollfeld stand. Sie stieg die kleine Treppe hoch und setzte sich kurz in die Bordküche am hinteren Ende der Maschine, um ihre Begleitpapiere zu studieren. Sehr gemütlich versprach der Flug wahrscheinlich nicht zu werden, denn von den 28 Sitzplätzen waren deren 26 belegt, was bedeutete, dass sie im Laufschritt ihre Arbeit würde verrichten müssen; das war ihr jedoch nicht unangenehm. Sie kontrollierte die Anzahl der vorhandenen Mahlzeiten, begrüsste die beiden Piloten und war bereit für die Passagiere. Dieses Flugzeug ist vorne einiges höher als hinten, wenn es am Boden steht, doch in der Luft fliegt es waagrecht, so dass Nora wenigstens nicht aufwärts und abwärts gehen musste.

Sämtliche Passagiere kamen an Bord, darunter waren auch fünf Kinder. Die freuten sich ganz besonders, über die Alpen zu fliegen, was auch für Nora jedes Mal ein besonderes Erlebnis war. Die Kette der schneebedeckten Berge erstreckte sich über die ganze Breite der Sicht, der Ausblick war schlichtweg gewaltig und äusserst eindrücklich. Sie freute sich darauf, denn laut Wetterprognose war dieser momentane Platzregen nur lokal und würde wahrscheinlich bald aufhören.

Nora war voll Tatendrang und begann gleich nach dem Start, den Fluggästen ihr bescheidenes Mahl zu verteilen. Dabei bemerkte sie in der vordersten Reihe einen Mann, der ihr einen seltsam unsicheren Eindruck machte. Er war klein und schmächtig und schien auch irgendwie leidend zu sein. Ganz alleine sass er verschüchtert da und schaute dauernd sorgenvoll zum Fenster hinaus. Kurzerhand setzte sich Nora neben ihn, worauf er sie bat, bei ihm zu bleiben, weil er derartig Angst hatte. Er gestand ihr, dass er erst vor ein paar Tagen operiert worden war und ihm der Arzt strikte verboten hatte, zu fliegen. Er aber wollte unbedingt nach Nizza, wer weiss warum. Die Furcht hatte ihn fest im Griff. Nora sprach ihm gut zu und erklärte ihm, dass ein voll besetztes Flugzeug auf sie wartete. Sie lief hin und her, räumte das Geschirr ab und brachte den Gästen den Kaffee.

Sodann setzte sie sich kurz wieder zu ihrem Problempassagier. Er atmete schwer und bat sie, seine Krawatte zu lockern und den obersten Hemdenknopf sowie seine Gürtelschnalle zu öffnen und die Schuhbändel zu lösen. Dann ergriff er Noras Hand und sagte eindringlich: Bitte, bleiben Sie bei mir! Aber das war völlig unmöglich, denn inzwischen war das Flugzeug in Turbulenzen geraten, welche es ganz ordentlich hin und her schüttelten.

Nora beobachtete, dass vorerst nur einige, dann immer mehr Passagiere nach dem Kotzbeutel griffen. Die Kinder begannen zu weinen, und die Erwachsenen streckten ihr die benutzten Beutel zwecks Entsorgung entgegen. Diese wurden immer zahlreicher und sie stellte alle notgedrungen auf den Boden in der Toilette. Dabei ahnte sie nichts Gutes, denn ihr Vorrat an Beuteln nahm zusehends ab, der Bedarf jedoch zu. Die Kinder übergaben sich spontan und ein fürchterlicher Gestank breitete sich aus. Nora behändigte sämtliche Spraydosen mit Airfresh und hoffte, die Luft wieder ein wenig verbessern zu können.

Zwischendurch hetzte sie zu ihrem kranken Passagier, wischte ihm mit einem feuchten Küchentuch den Schweiss aus dem Gesicht und entwand sich seinem Griff nach ihrer Hand, indem sie ihm wieder versuchte zu erklären, dass er nicht der einzige sei, der ihrer Aufmerksamkeit bedurfte. Er war verzweifelt vor Angst und tat ihr insgeheim leid. Hätte er doch nur auf seinen Arzt gehört, so aber brachte er sich in diese unheilvolle Lage, und Nora dazu.

Ohne Umschweife ging sie ins Cockpit zu den Piloten und bat sie, etwas höher zu fliegen, um den Turbulenzen zu entgehen. Sie aber antworteten ihr, dass dies nicht möglich sei, sie solle den Passagieren einfach Sauerstoff geben. Wie das mit sich übergebenden Menschen hätte geschehen sollen, verrieten sie ihr nicht.

Sie kehrte in die Kabine zurück, verwandelte diese förmlich mit Airfresh in einen nebligen Zustand, aber der Gestank liess sich nicht vertreiben. Die Bescherungen am Boden deckte sie alle mit Küchentüchern ab, bis sämtliche aufgebraucht waren. Auch dies half dennoch nicht.

In der Zwischenzeit war ihr Unglückspassagier bewusstlos geworden und gab keinen Laut mehr von sich. Nora war dabei recht mulmig zu Mute, denn sie machte sich nunmehr grosse Sorgen um ihn.

Auch die Gewitterzone war mittlerweile vorbei und das im Sonnenlicht glitzernde Meer wurde sichtbar. Kurz darauf setzte die Maschine in Nizza auf und Nora verabschiedete sich von den Passagieren. Zugleich bestellte sie beim Bodenpersonal einen Rollstuhl für ihren bewusstlosen Patienten. Sie band ihm seine Schuhbändel, schloss seine Gürtelschlaufe und drückte ihm beide Daumen! Die zwei Männer, die den Rollstuhl gebracht hatten, hoben ihn auf, trugen ihn durch die Kabine und setzten ihn in den Rollstuhl. Nora bat sie, das Schweizer Konsulat zu benachrichtigen, was sie taten, wie sich später herausstellte.

Die Putzmannschaft brachte die Kabine wieder in Ordnung für den Rückflug, und Nora setzte sich mit einem starken Kaffee erst mal hin und atmete kurz durch.

Sie rätselte noch lange, wie es wohl ihrem kranken Passagier ergangen sein könnte. Viel später bedankte er sich für ihre damalige sorgsame Aufmerksamkeit.

Der nächtliche Anruf

Die Nacht war sternenklar, frisch zwar, da es erst Mai war und die Eisheiligen auf sich warten liessen. Nora schlief tief und fest, als sie von irgendwo weit weg das Telefon klingeln hörte, aber bis sie den Hörer im Dunkeln ertastet hatte, war es bereits verstummt. Also konnte es kaum ein Notfall im üblichen Sinne gewesen sein, aber vielleicht eine dringende Mitteilung, wie damals, als ihr Schwager sie an ihrem Geburtstag bereits morgens um vier Uhr versucht hatte, anzurufen. Sie hatte sich ein wenig geärgert, dass er ihr so früh zum Geburtstag hatte gratulieren wollen, zumal er nicht gerade ihr engster Vertrauter war und er ihr ohnehin nicht entsprach.

Aus purer Neugier hatte Nora damals zurückgerufen, um sich für seine Aufmerksamkeit an ihrem Geburtstag zu bedanken, als er ihr zwischen einzelnen Schluchzern mitteilte, dass Vera, ihre Schwester in der Nacht neben ihm im Bett gestorben war. Es tat ihr leid, ihm Unrecht getan zu haben, wenn auch nur in Gedanken, aber noch mehr tat es ihr leid um ihre Schwester. Oder vielleicht auch um sich, weil Vera jetzt nicht mehr hier war! Sie waren im Laufe ihres Lebens immer näher zusammengerückt, obwohl sie in ihrer Jugend oft Streit hatten. Vera konnte sehr aufbrausend und blind vor Wut sein, und Nora machte sich einen Spass daraus, sie zu foppen und zu reizen, was zwangsläufig zu heftigen Streitereien führte.

Vera war älter als Nora und entsprach wahrscheinlich besser den Vorstellungen einer Tochter für ihre Mutter, denn sie wurde Nora immer als leuchtendes Beispiel vor Augen gehalten, so dass diese sich schon als Kind schwor, ihre Schwester dereinst einmal aufzuholen und sie zu überflügeln. Diese hatte als Erwachsene eine seltsame Gabe, sie konnte nämlich geschilderte Zustände und Situationen dahingehend beurteilen, dass sie deren Verlauf und Ausgang bereits zu sagen vermochte, bevor sie überhaupt eingetreten waren. Nora wusste schon immer, dass sie ihre Schwester vermissen würde, was sie bis heute tut.

Vera war so ganz anders gewesen, sie waren richtige Gegensätze, und manchmal hatte sie Nora um ihre Talente beneidet, die ihr völlig abgingen, so beispielsweise deren spontane Offenheit und ihr Interesse an den Mitmenschen. – Einerseits war Vera verschlossen, schüchtern, fast schon menschenscheu, konnte sich nicht gut ausdrücken und traute sich wenig zu. Andererseits verfügte sie über eine ausserordentliche künstlerische Begabung und war praktisch veranlagt, was Nora teilweise wirklich abgeht.

Nun musste Nora also ohne die Meinungen und Ratschläge ihrer Schwester auskommen, doch oft unterhält sie sich heute noch mit ihr und stellt sich vor, was sie wohl zu einer bestimmten Sache sagen und wie darauf reagieren würde. Nora war überzeugt, dass sie viel von ihr gelernt hatte, und darüber ist sie froh.

Als Kinder konnten sie stundenlang im See am Ufer Meernixen spielen, eintauchen, untertauchen und wieder auftauchen und dabei die unmöglichsten Faxen und Bewegungen mit ihren Körpern machen. Sie gingen zusammen fischen und Vera zeigte ihrer jüngeren Schwester, wie man einen Fisch richtig tötet, die Schuppen entfernt, dem Fisch mit einem scharfen Messer den Bauch aufschlitzt und mit einer gezielten Bewegung des Daumens die Eingeweide herausnimmt. Diese liessen sie jeweils am Ufer liegen und spätestens nach einer

Stunde waren sie verschwunden, von des Bauern Katzen mit sichtlichem Vergnügen verspeist. Vera wusste, welche Fische mit Brot oder Würmern anbeissen würden, so dass sie das Menu bereits beim Futter bestimmen konnten.

Später schwammen sie gemeinsam weit in den See hinaus, wobei sich ihre Mutter zu sorgen begann, weil sie niemanden mehr sehen konnte. Bei diesen stundenlangen schwimmenden Spaziergängen plauderten sie über alles Mögliche und Unmögliche.

Vera lehrte ihre Schwester stricken und nähen, sie entwarf Kleider für beide, machte Schnittmuster und sie nähten alles gemeinsam. Das führte dazu, dass sie oft gleich angezogen waren, nur die Farben waren unterschiedlich, Vera war der blaue Typ, Nora der rote. Vera war meistens ausgeglichen, allerdings mit Ausnahme ihrer gelegentlichen Wutausbrüche. Für andere war sie eine Spur langweilig, wenn man sie aber besser kannte, entdeckte man ihre Qualitäten; sie war ehrlich und anhänglich, zuverlässig und intelligent, fleissig und verschwiegen.

Sie behandelte Nora in einer sehr ernsten Sache sehr ungerecht, was ihr gegenseitiges Verhältnis zeitweise enorm trübte. Veras Sohn und Nora lagen zur selben Zeit im gleichen Krankenhaus, und als Vera ihn heimholte, nahm sie sich nicht einmal die Mühe, ihre Schwester Nora wenigstens zu besuchen. Das schmerzte diese masslos und sie fragte sich allen Ernstes, ob sie denn überhaupt noch zu dieser Familie gehöre.

Roland und Nora

Es war erst Anfang Dezember, aber bereits bitter kalt. Noras Finger in den Handschuhen waren weiss und klamm vor Kälte und sie wünschte sich, endlich dort zu sein, nämlich unterwegs zum „Chlausabend" bei der Familie ihres Cousins Roland. Nora war vier Jahre alt, klein, unsicher und schüchtern, weil sie öfters etwas tat, was eigentlich für sie verboten war. Dies war auch der Grund, warum sie mit sehr gemischten Gefühlen und einem schlechten Gewissen an diesen „Chlausanlass" ging.

Das Wohnzimmer war hell erleuchtet, recht geräumig, ihre Tante und Roland mit seiner Schwester sassen still und ruhig auf ihren Stühlen. Die Stimmung war geladen mit Erwartung, Neugier und Angst. Roland, Noras ältester Cousin, sass sehr ängstlich auf seinem Hocker, als die Türe aufging und der bärtige, grosse „Chlaus" hereintrat. Er erschien ihr furchterregend, bedrohlich und sie hielt sich an ihrer älteren Schwester fest. Im Raum war es mucksmäuschenstill, bis der „Chlaus" seine tiefe Stimme erhob und direkt mit seiner Rute auf Roland zuging. Er war fünf Jahre älter als Nora, und das Donnerwetter, welches nun auf ihn niederging, war fürchterlich, laut, unbeherrscht und Angst verbreitend. Roland fing leise an zu weinen, versuchte dies aber zu unterdrücken, weil er sonst den „Chlaus" zu noch mehr Tiraden zu ermutigen schien. Nora war starr vor Schreck, litt zusammen mit Roland, fing auch an zu weinen und klammerte sich an ihre Schwester. Erst dann stand ihre Tante auf und bat den zornigen Mann, sich zu mässigen.

Einige Jahre später, als Roland bereits bei unseren Gross-
eltern wohnte, weil sein Vater schon die vierte Stiefmutter für
die Kinder hatte, sah Nora ihn öfter wieder, weil sie jeden
Sonntag dort zum Mittagessen war. Sie verstanden sich blendend und machten viele Spiele und Wettbewerbe zusammen.
Noras Gefühl für ihn hatte sich im Laufe der Zeit von Mitleid
und Mitgefühl in Zuneigung und gegenseitiges Schätzen ver-
wandelt, ebenso wie das Seinige. Sie hatten immer einen guten Draht zueinander gehabt, waren gerne zusammen, weil sie
sich gegenseitig ohne viel Aufhebens verstanden und gern-
hatten. Er war sehr umsichtig und fürsorglich für sie, und sie
fühlten sich gegenseitig wohl in ihrem Zusammensein.

Nach seiner Matura übersiedelte Roland nach Zürich und
studierte an der ETH, weshalb sie sich nicht mehr so häufig
trafen.

Wieder einige Jahre später besuchte er Nora und die Familie in den Ferien sehr oft in ihrem Ferienhaus. Ihre Beziehung
hatte sich in der Folge auch wieder verändert. Sie fanden Gefallen aneinander, verstanden sich ohne Worte bestens und
fühlten sich voneinander auf seltsame Weise angezogen. Roland gefiel ihr, er war gross und schlank, hatte sehr schöne
Hände, einen Kopf voll brauner Locken und zwei stahlblaue
Augen, welche Nora irgendwie naiv und doch wissend an-
blickten. Seine Stimme war etwas nasal, jedoch tief klingend
und gefiel ihr besonders gut. Sie mochten sich sehr, sie
schätzten sich gegenseitig und verbrachten viel Zeit miteinander, erzählten viel, hörten zu und fühlten sich wohl in der Ge-
genwart des Andern.

Es war eine einzigartig verzauberte Zeit, viel lag in der Luft und zwischen ihnen, sie genossen es bewusst, wohl wissend, dass es nicht von ewiger Dauer war.

Danach gingen ihre Leben definitiv auseinander, sie verloren zeitweise den Kontakt zueinander. Beide hatten eine eigene Familie und wohnten weit entfernt voneinander. Aber von Zeit zu Zeit gab es ein Familientreffen und sie wussten beide, dass ihre Verbindung unbeschadet weiterbestanden hatte und auch weiter bestehen würde.

Dann geschah etwas Unheimliches, etwas Unbegreifliches!

Vor ungefähr einem Jahr kam Nora ganz unvermittelt und fast dauernd Roland in den Sinn, sie dachte viel und intensiv an ihn, durchlebte nochmals ihre Verbindung in der Kindheit, ihr Zusammensein in der Jugend und ihr eigenartiges und wunderschönes Gefühl der Zusammengehörigkeit in all den Jahren. Täglich war Roland da bei ihr, es kam ihr sonderbar vor, sie dachte, vielleicht war er krank oder dachte an sie oder wollte etwas von ihr. Er war so real, als stünde er neben ihr, was Nora sehr angenehm war. Aber nach einer Woche dieses geistigen Zusammenseins beschloss sie, ihn anzurufen und tat es sogleich. Käthi, seine Frau antwortete, und als Nora ihr die Schilderung der letzten Woche gegeben hatte, sagte Käthi ganz einfach: Ich komme gerade von seiner Beerdigung zurück!

Nora / Norina

An einem sonnigen Maimorgen kam sie zur Welt. Sie sollte Norina heissen, aber der Beamte akzeptierte diesen Namen nicht, sondern behauptete, es sei eine Abkürzung und trug sie kurzerhand als Nora in die Geburtsurkunde ein.

Norina und Nora – diese beiden Namen blieben zeitlebens an ihr hängen: in der Familie und Verwandtschaft war sie nach wie vor einfach Norina. In der Schule wurde sie kurzerhand Nora genannt, weil es bereits eine Norina gab. Den Namen Nora behielt sie auch als junge Erwachsene, in der Ausbildung wie auch in ihrem Berufsleben.

Allerdings haben diese beiden Namen eine unterschiedliche Wertung, was auch in ihrer Person zum Ausdruck kommt.

Norina begrüsst die Menschen mit einem Lachen in einem freundlichen Gesicht, geht auf sie zu und ist offen und erwartungsvoll. Ganz anders Nora, sie begegnet den Menschen mit einer kühlen Distanz, prüfend und abwartend, ja kritisch sogar.

Auch im Alltag unterscheiden sich die beiden Namensträgerinnen in ähnlicher Form. Während Norina kontaktfreudig und einfühlsam in ihrer Spontaneität ist, zeigt sich Nora zurückhaltend, abwägend und hie und da sogar schüchtern. Das Leben mit diesen starken Gegensätzen ist manchmal recht schwierig, vor allem, wenn es darum geht, den für beide richtigen Beschluss zu fassen. Obwohl Norina neugierig und risikofreudig ist, steht da immer auch Nora daneben, mit Einwänden, Zweifeln und Zurückhaltung. Das kann zu enormen

Stimmungsschwankungen führen und lähmend wirken, besonders wenn es um Entscheidungen geht. Aber im Laufe ihres Lebens haben beide gelernt, als eine Einheit zu entscheiden und handeln.

Die Sprachbegabung und der Ehrgeiz wurden ihr in die Wiege gelegt, und damit hat sie ihre Berufung als Sprachlehrerin für Erwachsene gefunden. Sie kann geduldig und aufmerksam zuhören und hat ein gutes Gedächtnis. Auch spürt sie die Stimmungen im Unterricht und reagiert darauf mit Witz und trockenem Humor.

Viele Menschen schütten bei ihr das Herz aus, weil sie spüren, dass sie Mitgefühl empfindet und auch aufheiternd wirken kann. In ihrer Tätigkeit als Lehrerin ist sie mit Leib und Seele dabei, und oft werden aus ihren Kursteilnehmern Freunde. Dann legt sie ihre Rolle als Vermittlerin ab und steht doch in gewisser Weise ausserhalb des Kreises. Dagegen wäre ihr grösster Wunsch im Leben, das Gefühl zu haben, irgendwo dazuzugehören oder angekommen zu sein.

Mit ihrem tapferen und positiven Wesen meistert sie flexibel und nachhaltig die meisten Widerwärtigkeiten und kann, dank ihrem Sinn für Ironie, wieder Fuss fassen.

Auch ihre Unternehmenslust und Lernfreude scheinen unersättlich zu sein, wobei sie dadurch manchmal beinahe ihre Grenzen missachtet.

So haben sie auch vieles gemeinsam, Gefühle und Neigungen, was der Persönlichkeit ermöglicht, sich der Freude, der Anteilnahme und dem Genuss völlig hinzugeben und sich darin zu vergessen.

Im Verlauf ihres Lebens hat sich jedoch die rein vernunftge-
steuerte Einschätzung einer Sachlage wie auch die Lösung
von Schwierigkeiten verändert. Dank einer gewissen Le-
benserfahrung und Reife hielt sie die rein verstandesmässige
Art der Entscheidung nicht mehr für die allerbeste und ihr
Wesen neigte mehr und mehr zu einer entsprechenden gefühlsmässigen Sichtweise, ohne aber die Vernunft gänzlich
auszuschliessen. Ein Vorgehen, das schwierig und keinesfalls
jemals einfach für sie war.

Alles in allem ist sie eine intelligente und warmherzige Frau,
unkompliziert und fasziniert vom Leben in allen seinen
Schattierungen.

Eine Reise

Auf dem Bahnsteig herrschte ein emsiges Treiben, schliesslich stand da der Zug nach Hamburg, mit offenen Türen auf seine Passagiere und die Abfahrt wartend. Über Nacht war leichter Schnee gefallen und es war bitter kalt geworden. Die Menschen hasteten dicht vermummt hin und her, es war ein stetes Kommen und Gehen. Passagiere mischten sich unter Zurückbleibende, es herrschte eine gewisse Hektik, denn in einer Viertelstunde sollte der Zug den Bahnhof in Richtung Norden verlassen.

Nora schlenderte mit ihrer Mutter der Bahn entlang zu den Erstklasswagen. Sie würde bis am nächsten Morgen ausharren müssen, um in Stockholm anzukommen, und dort von ihrem Mann, den sie vor drei Wochen geheiratet hatte, abgeholt zu werden.

Vorgängig hatte sie reiflich überlegt, ob es klug war, diesen Mann zu heiraten. Er schien sie abgöttisch zu lieben, bewunderte und idealisierte sie, so dass sie sich sagte, bei so viel Fürsorge und Zuneigung würde ihr Zusammenleben bestimmt erfolgreich sein. Ausserdem bot er ihr ein Leben in einem fremden Land, denn die Schweiz war ihr schon lange zu eng geworden. Sie hatte es jedoch verfehlt, sich selbst zu fragen, ob sie denn bereit und reif für diesen Schritt war? Ihr starker und vordergründiger Wunsch war es, baldmöglichst Kinder zu bekommen und so zu einer richtigen Familie zu gehören, war sie doch als Halbwaise allein bei ihrer Mutter aufgewachsen und hatte ein intaktes Familienleben nie kennen gelernt.

Für derartige Grübeleien war der Zeitpunkt allerdings nicht der richtige, stattdessen suchte sie ihr Abteil und machte es sich bequem. Dann stieg sie nochmals aus, um sich von ihrer Mutter zu verabschieden; zurück im Zug stellte sie sich, trotz Kälte, winkend an das offene Wagenfenster, bis der Bahnhof verschwunden war.

Sie war ausserordentlich gespannt auf das neue, unbekannte Leben zu zweit, und auch, was in dem fremden Land wohl sonst noch alles auf sie zukommen würde. Zuversichtlich und vergnügt blickte sie in die Zukunft.

Die Fahrt zog sich in die Länge, durch ganz Deutschland, anschliessend auf der Fähre nach Malmö. Sie musste jedoch weder um- noch aussteigen, weil die Eisenbahnwagen direkt auf die Fähre gezogen wurden und in Schweden gleich weiter auf dem Schienenweg nach Stockholm fuhren.

Nora war froh um die Stunden allein, so konnte sie sich in Ruhe von ihrem ledigen Leben verabschieden und trennen. Teilweise fiel ihr das gar nicht so leicht, denn sie merkte, was sie alles aufgab und zurückliess. Sie hatte ihren Beruf geliebt und war noch nicht einmal Mitte zwanzig. Andererseits freute sie sich auf alles Neue, was sie kennen lernen würde. Insgeheim hatte sie jedoch manchmal auch Bedenken und Zweifel, kannte sie doch ihren frischen Ehemann noch gar nicht so richtig.

In Hamburg gab es einen längeren Aufenthalt; Nora hatte Hunger und ging zu einem Imbissstand, um sich eine Kleinigkeit zu besorgen. Als sie zurück in ihr Abteil kam, sass auf dem Platz ihr gegenüber ein älterer Herr. Sie begrüssten sich und es stellte sich heraus, dass er nach Norrköping, eine Stadt auf dem Weg nach Stockholm, fuhr und demzufolge einige

Stunden in ihrem Abteil mitreisen würde. Das passte Nora nicht, sie wäre weiterhin gerne alleine geblieben und legte keinen Wert auf seine Unterhaltung.

Dennoch betrachtete sie ihn kühl und kritisch und stellte fest, dass er einen ganz normalen und umgänglichen Eindruck machte. Im Grunde genommen fand sie gar nichts an ihm auszusetzen. Ein Schwede, der von einer Geschäftsreise zurückkehrte. Er war gross, hatte ein ebenmässig geschnittenes Gesicht, blondes etwas schütteres Haar, zwei lebhafte graue Augen und einen fein ziselierten Mund. Seine Stimme war dunkel und tief. Nora könnte sich ihn gut als ihren Vater vorstellen, hätte sie denn jemals einen gehabt. Aber sie hatte nun einfach mal keine Lust, sich ausführlich mit ihm zu unterhalten. Sie nahm ein Buch zur Hand und begann zu lesen.

Der Mann ihr gegenüber, er mochte etwa um die fünfzig sein, schien sie nicht weiter zu beachten. Insgeheim aber studierte er ihr Gesicht, ihre Haltung, ihre Erscheinung und fand heimlich Gefallen an ihr, obgleich sie recht kurz angebunden war. Was mochte dieses junge Ding nach Schweden locken?

Bald fingen sie an zu plaudern. Nora stellte fest, dass er ein freundlicher und zugänglicher Mann mit einem offenen Gesichtsausdruck war, und nach und nach wurde er ihr fast sympathisch, weshalb sie ihr barsches Verhalten aufgab und sich mit wachsendem Interesse und mit Vergnügen in die Unterhaltung vertiefte. Sie erzählte ihm, dass sie frisch verheiratet sei und künftig in Schweden leben würde. Ihr Mann hatte den Auftrag, die Firma seines Vaters in Schweden aufzubauen.

Da fing auch er an zu erzählen. In seiner tiefen und angenehmen Stimme schilderte er ihr, wie lang und dunkel die Winter in Schweden waren, mit Unmengen von Schnee, dass sich neben den Strassen meterhohe Wälle von weggeräumtem Schnee auftürmten, so dass die Strassen wie schmale Gräben ohne Sicht befahren wurden, mit Licht bei Tag und Nacht. Er berichtete von den langen Abenden mit viel Alkohol, der vorwiegend zu Hause genossen wurde.

Er schilderte aber auch die Freude am Frühling, wenn die Schneewälle schmolzen und die Landschaft wieder in allen Farben zum Vorschein kam. Wenn die Blumen und Bäume blühten und dufteten, die Luft lichtdurchflutet und warm war. Wenn die Menschen wieder nach draussen kamen und mit Freuden ihre Tätigkeiten im Sonnenlicht verrichteten.

Dann beschrieb er ihr den Sommer, das Licht, welches tagein-tagaus da war und nie mehr Dunkelheit herrschte. Er berichtete von den dunkelblauen Vorhängen, welche in jedem Haus zur Nachtzeit zugezogen wurden, um wenigstens ein wenig schlafen zu können.

Er malte ihr die lichten Wälder mit den vielen unbesiedelten Seen aus, in die man einfach nach Lust und Laune hineintauchen und schwimmend überqueren konnte.

Nora hörte selbstvergessen zu und versuchte, sich dieses tiefverschneite Land in Farben, Gerüchen und ohne Dunkelheit vorzustellen.

Als der Schaffner vorbeikam, bestellten sie einen Kaffee, und Nora begann ihrerseits, ihn mit Fragen über dieses Land zu löchern! So verflog die Zeit, und zwischen den beiden unterschiedlichen Menschen hatten sich eine Vertrautheit und ein gegenseitiges Einvernehmen aufgebaut. Sie mochten sich und waren sichtlich erfreut, gegenseitig ihre Bekanntschaft gemacht zu haben.

Die Stadt Norrköping rückte näher, er stand auf, zog seinen Mantel an, stellte sich vor sie hin, zog sie hoch und küsste sie zum Abschied. Dieser Kuss war nun aber ganz anders als sie es von ihrem Mann gewohnt war, und ihr wurde dabei ganz warm, schwindlig und wohlig vor lauter Freude!

Ein Fehlentscheid

Sie sass auf der Bank, auf der sie schon so viele Male über ihr Leben und dessen Werdegang nachgedacht hatte, immer in der Hoffnung auf eine kluge Eingebung, um ihre missliche Lage zu beenden oder wenigstens zu verändern. Die frische Luft am Waldrand war kalt und unbewegt, die Umgebung völlig still, denn der Schnee, der über Nacht gefallen war, verschluckte die üblichen Alltagsgeräusche. Sie blickte auf das frisch verschneite Dorf, wandte ihre Augen auf ihr Haus und betrachtete schliesslich ihr Leben.

Ihre Ehe war keine solche mehr, wenn sie denn jemals eine gewesen war, in der Weise, wie sie sich diese vorgestellt hatte, voll Vertrauen, gegenseitigem Verständnis und Toleranz für des anderen Persönlichkeit und Eigenheiten, ehrlich und offen, sich selber, der Gemeinschaft und der Familie gegenüber. Ein Verhältnis, wohl durch persönliche oder gemeinsame Krisen von Zeit zu Zeit erschüttert, aber doch von der gegenseitigen Achtung, Wertschätzung und Verantwortung getragen. Ihr Ehemann hatte sie jedoch nie richtig kennen gelernt, hatte sich kaum gross für ihr Wesen und ihre Persönlichkeit interessiert und wusste kaum, wen er an seiner Seite hatte. Innerlich hatte er sich schon längst von ihr losgesagt, verbrachte sein Leben beinahe ausschliesslich in tiefer Verbundenheit mit seinen Eltern.

Dabei schien er nichts zu vermissen, am wenigsten seine Frau. Gemeinsam hatten sie drei Kinder, denn sie hatte sich immer schon eine Familie gewünscht. Er nahm sie in ihrem Wirken als Mutter der Kinder wahr und setzte voraus, dass sie dies tadellos vollbrachte.

Aber das Leben mit ihm zusammen war zur Einöde verkommen, sie lebten nicht zusammen, höchstens nebeneinander, wenn überhaupt! Tisch und Bett teilten sie gelegentlich, aber es war für sie völlig inhalts- und trostlos. Nie hatte er sie liebevoll in den Arm genommen oder sich liebkosen lassen. Wo gab es die täglichen kleinen Momente der Zärtlichkeit, des Wohlwollens und der Zuwendung?

Er stieg ins Bett und löschte das Licht. Wenn sie es wieder anknipste, löschte er es wieder aus, bis sie aufgab. Sie hatten sich nie nackt gesehen oder betrachtet, nie sich am Tag, im Freien, an der Sonne oder bei Kerzenschein vertraut einander angehört, wie sie sich das richtigerweise ausgemalt hatte. Seine Körperfeindlichkeit liess eine derartige Wärme und Vertrautheit nicht zu, nur in der Dunkelheit konnte er sich einigermassen berauschen und war danach sichtlich erleichtert, wieder in sein kühles, keusches Bett zurückzukehren. Sie war verletzt, tieftraurig und um eine wichtige Illusion ärmer.

In ihr gährte und brodelte ein wahrer Vulkan von Ernüchterung und Zorn, sie fühlte sich betrogen und ausgehöhlt in einer ausweglosen und widerlichen, scheinbar unlösbaren Pattsituation. Es bewegte sich nichts, weder vor- noch rückwärts, und ihr schien es wie ein endloses und zermürbendes, geistloses Vor-sich-hinleben.

Damals, vor geraumer Zeit, hatten sie zusammen mit andern die Schulbank geteilt, um in London die englische Sprache zu vertiefen. Sie sassen sich schräg gegenüber und plauderten öfters über dies und das. Es stellte sich heraus, dass er sich für die Anthroposophie interessierte, von der sie nichts Genaues wusste. Da sie sehr wissbegierig und auch neugierig war, bombardierte sie ihn mit Fragen hinsichtlich dieser Geistesrichtung. Er fühlte sich geschmeichelt und gab ihr bereitwillig Auskunft, so gut er etwas wusste und im Bilde war. Die Idee der wiederholten Erdenleben, des Karmas, faszinierten sie erstmals, bis ihr kritischer Sinn erwachte und sie begann, komplexere Fragen zu stellen. Bei Antworten, die teilweise sehr fragmentarisch und unbefriedigend waren, berief er sich auf das Wissen seines Vaters und konnte ihren Wissensdrang nicht stillen.

Es gefiel ihm, dass sich ein junges, hübsches Mädchen für seine Kenntnisse interessierte, und er verliebte sich Hals über Kopf in seine Fragestellerin. Sie fingen an, zusammen Kunstausstellungen und Musikanlässe zu besuchen, und sein Interesse an ihr nahm bald auch erotische Züge an. Sie liess ihn teilweise gewähren, ohne sich zu fragen, was denn eigentlich in ihr vorging. Vorerst liess sie geschehen, was sie als angenehm empfand, setzte aber auch Grenzen, ohne sich im Klaren zu sein, warum sie dies tat. Es fiel ihr überhaupt nicht auf, dass er seinerseits keinerlei Interesse an ihrer Denkweise, an ihren Ansichten und Meinungen hatte, kurz, dass er sich lediglich mit ihrem Äusseren und ihren gemeinsamen Angelegenheiten beschäftigte.

Er sprach bereits von Heirat, was sie vorerst von sich schob. Sein Verlangen nach ihr war riesengross, das ihrige eher unbedeutend. Trotzdem nahm sie ihn wahr und überlegte sich grundsätzlich, wie es wohl wäre und sein könnte und sich anfühlte und weitergehen würde.

Nach dem Schlussexamen, welches sie blendend bestand, er aber daran gar nicht teilnahm, weil er sich nicht zutraute, gut genug zu sein, kehrte er ohne Zeugnis nach Hause zurück.

Sie kam erst nach den Weihnachtstagen mit der Bahn nach Basel zurück, wo er sie auf dem Bahnsteig erwartete, wie vereinbart. Als sie ausstieg und dem Zug entlang zum Ausgang lief, gewahrte sie ihn am Ende des Bahnsteigs. Er stand breitbeinig da, trug einen Trenchcoat und hatte die Hände in die Taschen des Mantels gesteckt. Aufrechtstehend blickte er geradeaus und verharrte wartend in dieser Haltung.

Während sie weiter in seine Richtung lief, schoss ihr plötzlich, wie aus dem Nichts kommend, ein spontaner, vordringlicher, deutlicher Gedanke durch den Kopf:

Nein, das stimmte so nicht, diesen Mann sollte sie keinesfalls heiraten, das wäre völlig falsch. -

Sie erschrak, denn diese plötzliche Eingebung war sehr stark, ja beinahe befehlend und verunsicherte sie in ihrer Absicht, ihn später vielleicht doch zu heiraten. Sie fing an zu überlegen, warum sie so fühlte, fand aber keine Erklärung. Sie sagte sich, solche Eingebungen sind vom Gefühl gesteuert und deshalb wandelbar. Der Verstand hingegen ist zuverlässig und die Vernunft ein guter Ratgeber, weil erklärbar, berechenbar und unveränderlich. Sie rechnete damit, dass ein Mann, der sie so sehr zu lieben schien, sicherlich auch ein liebevoller Ehemann sei.

Erst viele Jahre später begriff und erkannte sie, dass ihr Bauchgefühl das Richtige zur Entscheidungsfindung gewesen wäre. Aber zum damaligen Zeitpunkt ihres Beschlusses war ihr dies noch nicht klar gewesen. Hätte sie auf ihre innere Stimme gehört, würde sie nun nicht geplagt und ohnmächtig in dieser schwierigen Lage auf der Bank am Waldrand sitzen, nach einem Weg suchend, wie sie aus dieser hoffnungslosen Sackgasse wieder herauskommen könnte.

Langsam dämmerte ihr die Einsicht, dass sie wahrscheinlich selber etwas unternehmen musste, um diesen unhaltbaren Zustand zu ändern und zu beenden. Was missfiel ihm denn an ihr dermassen, dass er täglich seine Abende im Hause seiner Eltern verbrachte? War sie zu wenig interessant, weil ihre Tage mehrheitlich mit der Betreuung der drei kleinen Kinder ausgefüllt waren und sie daneben wenig Umgang pflegte? Brauchten sie beide mehr gemeinsame Geselligkeit? Vielleicht könnte es daran liegen?

Demzufolge begann sie, ein gastliches Haus zu führen, Sprachunterricht für Erwachsene zu geben, Familienferien zu organisieren, sich mit ihm über Gesellschaft und Politik zu unterhalten, aber nichts schien ihn auch nur zur geringsten Verhaltensänderung zu bewegen. Enttäuschung und ein Gefühl des Versagens machten sich bemerkbar, Lethargie breitete sich aus, ihre Energie und ihr Tatendrang waren verschwunden.

In ihrem Innern jedoch reifte eine gefährliche Idee heran, die allmähliche zur Gewissheit wurde. Nur eine Trennung oder Scheidung erwies sich als eine brauchbare Lösung für diesen Konflikt. Aber hatte sie das Recht, ihren drei Kindern dies zuzumuten? Sie würden jedenfalls einen Verlust, welcher Art auch immer, hinnehmen müssen.

Andererseits war auch sie selber als dreijährige Halbwaise ohne Vater irgendwie mit der damaligen Situation fertig geworden, obgleich sie ihre beiden Geschwister, welche in einem Internat aufgewachsen waren, sehr vermisst hatte.

Den Plan der Scheidung einmal gefasst, beschloss sie, ihn demnächst umzusetzen und ihrem Mann ihre Absicht mitzuteilen, noch nicht ahnend, was dies für sie bedeuten könnte.

Doch bereits der Gedanke an eine Veränderung in der von ihr gewünschten Form liess sie aufatmen, und sie begann, der praktischen Durchführung ihrer Absicht eine Form zu geben.

Die Suche

Manchmal dachte Nora über ihr Leben nach! Ihr Leben vor der Ehe und während der Ehe!

Sie war noch keine 27 Jahre alt und bereits Mutter von drei kleinen Kindern. Wie war dies nur alles geschehen und vor sich gegangen? Wo genau stand sie wirklich in ihrem Leben?

Noras Kindheit war zwar einigermassen friedlich verlaufen, jedoch wurde sie ohne Vater gross, er war gestorben, als sie drei Jahre alt war. Der Verlust einer wichtigen Bezugsperson veränderte das häusliche Leben. Die spürbare Sicherheit war weggefallen, stattdessen herrschte ein diffuses Verlustempfinden vor.

Noras ältere Schwester und jüngerer Bruder wuchsen mehrheitlich in einer Internatsschule auf, so dass sich Nora wie ein Einzelkind fühlte, denn sie vermisste ihre Geschwister sehr. Ihre Mutter war eine liberale, aufgeschlossene und tüchtige Frau, zwar schüchtern, nüchtern und leise, jedoch eine sorgende Mutter, die an Noras Leben immer interessiert Anteil nahm. Man begegnete sich in der Familie gegenseitig mit Respekt, abgesehen von Noras zeitweiligen ausfälligen Bemerkungen und ihres provokativen Benehmens. Indes blieb das Verhältnis stets ungetrübt von Vorwürfen und Schuldzuweisungen.

Der gegenseitige Umgang war kühl und von Distanz geprägt. Irgendwelche Berührungen der Zuneigung wurden tunlichst vermieden und verbannt, es war, als würde eine Scheu vor dem unbekannten Gefühlsmässigen alle gleichermassen behindern, ja, es schien allen peinlich, sich in irgendeiner Weise herzlich oder zugewandt näher zu kommen. Das Höchste an körperlicher Berührung war und blieb hie und da ein Begrüssungs- oder Abschiedshändedruck; mehr überschritt bereits die tolerierbare Grenze.

Mit 19 Jahren, nach ihrer schulischen Ausbildung, wollte Nora nur das eine, weg aus der festgefahrenen, statischen Gesellschaft in dieser öden Beamtenstadt, wo jedes Tun und Lassen vorgeschrieben war. Ihr ursprünglicher Wunsch, Journalistin zu werden, zerschlug sich, weil es zu jener Zeit in der Schweiz noch keine derartige Ausbildungsmöglichkeit gab. Sie hätte nach Berlin ziehen müssen, was ihre Mutter strikte ablehnte. Als nächstes wollte sie nach Marseille übersiedeln, weil ihr Schulschatz dorthin gegangen war. Mutters kategorisches Nein setzte dieser verrückten Idee ein schnelles Ende, worauf sie England als Ziel ins Auge fasste, was Mamas Billigung fand.

So verbrachte sie ihre Jahre zuerst in England, danach in Paris, als nächstes in Perugia Italien, von wo aus sie sich als Air-Hostess bewarb und diese Tätigkeit mit Vergnügen und Genuss einige Zeit ausübte, bis sie heiratete.

Sie wünschte sich nichts sehnlicher, als eine grosse Familie zu gründen, um endlich ein Lebensumfeld zu haben, in dem sie sich geborgen und zu Hause fühlen konnte.

Aber was war denn nun aus ihrer Vorstellung geworden?

Nora bewohnte ein schönes, grosses Haus, zwar verbunden mit viel Arbeit, aber auch viel Platz für die Kinderschar, die sie sich gewünscht hatte. Durch ihre drei Kinder hatte sie erfahren und gelernt, was Herzlichkeit, Wärme und Zärtlichkeit ist. Ein weinendes Kind in den Arm zu nehmen, zu trösten, zu streicheln, ihm gut zuzureden, es zu herzen und zu küssen war für sie der Schlüssel zu einer völlig neuen Zuwendung, Zuneigung und Liebe. Dafür war sie unendlich dankbar, denn es löste ihre anerzogene Distanz und Kühle auf. Sie gewahrte, dass sie ein warmer, mitfühlender und herzlicher Mensch war und es wahrscheinlich schon immer unter ihrer spröden, äusseren Haut gewesen war.

Sie hatte einen Ehemann, der behauptete, sie unendlich zu lieben, jedoch schienen ihre Ansichten darüber völlig gegensätzlich. Aus seiner Sicht war ihre Aufgabe, reibungslos zu funktionieren, seinen Lebenslauf nicht zu stören und keine Ansprüche zu stellen. Zwar waren sie verheiratet, vielleicht sogar befreundet, hatten gemeinsame Kinder, und das war dann auch grad etwa alles. Für ihn waren seine Eltern, welche in einem Haus auf dem gleichen Grundstück wohnten, nach wie vor der Drehpunkt in seinem Leben, wo er seine Abende und viel Freizeit und Ferien verbrachte.

Er konnte zeitweise grenzenlos zornig und aufgebracht werden, ja selbst bis zu Gewalt, und Nora begann, seine Ausbrüche zu fürchten. Leise treten war angesagt. Sie rebellierte von Zeit zu Zeit und versuchte, ihm klar zu machen, was ihre Vorstellungen eines gemeinsamen Lebens waren, aber stets ohne Erfolg hinsichtlich seines Verhaltens.

Was hatte sie falsch gemacht?

Wo waren denn die Gemeinsamkeiten, das gegenseitige Vertrauen, die tägliche Zärtlichkeit und die erfüllte Erotik, die sie sich als Bestandteil der Ehe ausgemalt hatte, geblieben?

Gab es das überhaupt?

Wohl hatten sie zusammen drei Kinder, aber deren Ursprung war bloss mit einem rudimentären, eher groben, kurzen und unpersönlichen Begehren seinerseits begründet. Die Magie, den Zauber, die Ekstase, welche angeblich dem Ereignis innewohnten, kannte sie nicht. Es war einfach ein Tun, das erledigt werden musste. Sie ahnte zwar, dass da noch etwas Anderes, etwas Unbeschreibliches enthalten sein könnte, aber es blieb ihr verborgen. Er schien sich nicht für sie zu interessieren oder einzusetzen. Ihre Anliegen blieben ihm fremd, ihre innere Befindlichkeit nicht von Belang.

Nora suchte einen Ausweg oder vielmehr eine Neuorientierung aus diesem unseligen Zustand. Sie fing an, wieder zu unterrichten, sich weiter zu bilden, Gäste einzuladen, in der irrigen Meinung, dass sie dann etwas interessanter und anregender für ihren Mann wäre, und er seine Abende und Freizeit gemeinsam mit ihr verbringen würde, anstatt dauernd im Hause seiner Eltern. Als sie ihm diesen Vorschlag unterbreitete, tat er dies mit der Bemerkung ab, er lasse sich keine Vorschriften machen.

Damals, als sie sich kennen gelernt hatten, vor bald 12 Jahren, war sie doch gewiss verliebt gewesen, er sowieso, und alles erschien erfolgversprechend. Der Beginn ihrer Ehe in Schweden war aber bereits durch seine Grobheit ihr gegenüber und Unbeherrschtheit mit einem Schatten behaftet.

Später, in England, waren sie beide mit den drei Kindern mehr als genug beschäftigt und die Gemeinsamkeiten drehten sich vorwiegend um die häuslichen Aufgaben. Aus der Verliebtheit war anstelle einer tieferen, inneren Bindung eine Ernüchterung und Entfremdung geworden, denn Noras Wohlbefinden in dieser Ehe war nur noch an einem sehr kleinen

Ort zu finden, wenn überhaupt. Sie fühlte sich mehr und mehr einsam in dieser Verbindung, und trotz gelegentlicher Flirts oder Liebeleien fand sie nicht den Mut, aus dieser monotonen Karussellfahrt einfach auszusteigen.

Warum gelang es ihr nicht, ihren Mann von seinen Eltern loszueisen und seiner eigenen Familie zuzuführen? Was machte sie falsch? Ein seltsames Gefühl des Versagens beschlich sie. Dabei wurde ihr je länger desto klarer bewusst, dass sie bestimmt nicht auf diese Weise mit ihrem Mann weiterleben wollte. Also wartete sie auf eine Fügung, die ihr möglicherweise einen Weg weisen würde.

Die Verheissung

Es war an einem gleissend heissen Tag im August. Die Sonne brannte erbarmungslos auf die dürre, ausgetrocknete Erde und es schien, als wolle sie beinahe einen Brand entfachen. Die Menschen im Schwimmbad lagen träge im Schatten, nichts tuend und lustlos, wogegen sich die Kinder im Nass des Bades herumbalgten. Nora sass unter einem Baum, zusammen mit andern, denn die schattigen Plätze waren nicht allzu zahlreich. Sie überlegte sich, ob sie tatsächlich an diesem heissen Abend auf den jährlichen Ausflug mit der gesamten Lehrerschaft ihres Sprachinstitutes gehen sollte oder doch lieber zu Hause bleiben. Nur Letzteres bedeutete, dass sie sich wieder einmal mehr in dem grossen Haus den Abend allein, ohne ihren Mann, um die Ohren schlagen musste. Er würde, wie jeden Tag, seine Zeit bei seinen Eltern verbringen.

Vielleicht sollte sie doch teilnehmen, schliesslich war sie eine der tragenden Lehrkräfte und dies war es auch, was sie schliesslich bewog, hin zu gehen. Nur, was sollte sie bei dieser Hitze anziehen? Schwitzen würde jedermann, auch ohne Bewegung, weshalb sie entschied, ihr leichtes weisses Kleid ohne Ärmel und mit einem grossen Ausschnitt anzuziehen, weil es einigermassen luftig war.

Nachdem sie die Kinder für die Schlafenszeit bereitgemacht hatte, zog sie sich um, fuhr mit der Bürste durch ihr Haar, legte noch etwas Lippenstift auf und fertig. Warum sollte sie auch mehr aufwenden, da war ohnehin niemand, dem sie gefallen wollte.

In einer völlig neutralen, weder freudigen noch erwartungsvollen Stimmung fuhr sie in die Stadt, parkierte ihr Auto in einer Nebenstrasse und lief die kurze Strecke zum Bus. Sie stieg ein, grüsste die Anwesenden und suchte sich einen Platz. Nach kurzer Zeit wurde ihr beinahe übel von der Hitze im Bus, also konnte sie genauso gut draussen warten, bis der Fahrer eintraf. Ein schwacher Hauch von Wind säuselte, das war immer noch besser als die Hitze drinnen.

Am Strassenrand stand ein roter VW Cabriolet und ein Mann lehnte sich daran. Er sprach sie an und fragte, ob sie auch zur Belegschaft gehöre. Sie bejahte und sie fingen an, miteinander zu plaudern. Es stellte sich heraus, dass sie beide dieselbe Sprache unterrichteten, beide schon mindesten seit fünf Jahren in demselben Institut arbeiteten, sich aber noch nie über den Weg gelaufen waren. Er machte keinen besonderen Eindruck auf Nora, obgleich er gutaussehend, gross und schlank war.

Plötzlich fragte er sie, ob sie mit ihm im offenen Auto hinter dem Bus herfahren wollte. Lust hatte sie keine, aber sie dachte an die Hitze im Bus und sagte nach kurzem Zögern zu. Während der Fahrt sprachen sie wenig, und nach der Ankunft ergoss sich der Strom der Menge in den grossen Saal, welcher bereits zum Nachtessen hergerichtet war. Er suchte für sie beide einen Platz und das Essen wurde aufgetragen. Nora nahm ihren Nachbar kaum wahr, er interessierte sie nicht. - Schliesslich war sie eine verheiratete Frau und Mutter dreier Kinder! - Der Lärm der Gäste war ohnehin ohrenbetäubend, man konnte sich kaum unterhalten, doch als die Tanzmusik zu spielen begann, ebbte er ein wenig ab.

Das war der Augenblick, als ihr neuer Bekannter sie zum Tanzen aufforderte. Oje, in dieser Hitze auch das noch! Sie folgte ihm trotzdem und bemerkte sofort, dass er ein hervorragender Tänzer war. Er führte sie gekonnt, war beweglich und fantasiereich, kurz, es war ein Genuss, mit ihm über die Tanzfläche zu gleiten. Kaum hatte die Musik nach einer kurzen Pause erneut zu spielen begonnen, waren sie bereits wieder am Tanzen. Sie sprachen kaum noch miteinander und nach und nach spürte sie seine Kraft, jeder seiner Schritte übertrug sich automatisch auf ihren Körper und sie verschmolzen förmlich in der gegenseitigen Bewegung. Ein inneres Glühen nahm von ihr Besitz und sie fühlte sich wie verzaubert. Es war ihr plötzlich egal, was ihre Kollegen und Kolleginnen dachten, sie tanzten völlig harmonisch und vertieft, losgelöst von der Umgebung.

Nach dem Anlass fuhren sie wieder gemeinsam in seinem Wagen zurück in die Stadt. Etwas hatte sich verändert. Während der Fahrt legte er seinen rechten Arm um sie und schaltete und steuerte das Auto nur mit der linken. Das erschien ihr seltsam und auch ein wenig gefährlich. Sie betrachtete ihn zum ersten Mal bewusst und musterte ihn von der Seite, fand ihn aber nach wie vor unbedeutend. Unvermittelt legte er seine Hand auf ihr Knie, und ganz langsam rutschte diese ein kleines Stück weiter. Das allerdings passte ihr gar nicht, es war ihr beinahe peinlich, denn dieser Mann war für sie nicht interessant genug für einen Flirt, auch wenn sie einen Abend lang mit ihm selbstvergessen getanzt hatte.

Die Hand bewegte sich nicht mehr weiter, sondern blieb liegen.

Zurück in der Stadt begleitete er sie zu ihrem Auto und verabschiedete sich von ihr mit einem leichten Kuss. Aber unvermittelt wurde dieser zu einem anderen und sie fing an, am ganzen Körper zu zittern und der Mann hielt sie in seinen Armen fest umschlungen. In ihrem Innern öffnete sich ein Gefäss, aus welchem sich Düfte, Sehnsüchte, Wünsche, Lust, Begehren bis hin zur Begierde ergossen. Aber ebenso Angst und Schwäche, vernebelter Verstand und Schuldgefühle. Ihr Körper bebte und bäumte sich auf vor Verlangen. Es war ihr unheimlich und fremd. Wohl kannte sie dies ansatzweise von ihren jugendlichen Liebes-Streifzügen in die Welt der Erotik, aber auf diese heftige und überwältigende Weise hatte sie es noch nie erlebt, schon gar nicht in ihrer Ehe!

Als das Zittern und Beben endlich abgeflaut war, fühlte sie sich völlig ausgelaugt, setzte sich wortlos in ihr Auto und fuhr nach Hause. Was war denn in sie gefahren? Sie liebte diesen Mann nicht, sie kannte ihn kaum, und trotzdem hatte er dieses Erdbeben in ihr ausgelöst. Was nun? –

Eigentlich war ja gar nichts geschehen, ausser dass sie wahrgenommen hatte, was alles in ihr schlummerte und sich nunmehr offenbart hatte. „Nichts" war es zwar ganz und gar nicht gewesen, aber niemand nahm Schaden daran.

Sie dachte nach und nahm sich vor zu versuchen, weiterhin die angepasste Ehefrau und Mutter zu sein. Insgeheim aber wusste sie genau, dass sie wohl nie mehr diejenige sein würde, welche sie vor diesem Abend gewesen war.

Gewalt

Es war ein wunderschöner Spätsommerabend, die Natur hatte den für diese Jahreszeit typischen sanften, leicht verwischten Schimmer, welchen die Sonne hinzaubert. Das Dorf lag friedlich, teils bereits im Schatten, ruhig und vertraut zu ihren Füssen. Sie hatte wieder einmal dringend einen Moment für sich gebraucht und war durch die Reben den steilen Hang hinauf an den Waldrand gestiegen, hatte sich auf die Bank mit dem traumhaften Ausblick auf das Dorf und die Umgebung gesetzt, um erneut und zum x-ten Mal über ihre Lage nachzudenken.

Unversehens war sie in einen Teufelskreis zwischen Pflichterfüllung und Selbstbestimmung geraten. Ihre Ehe hatte sich zu einer Farce entwickelt, sie hatten sich kaum mehr etwas zu sagen, geschweige denn gemeinsam etwas zu tun. Ihr Mann ging seiner Wege und liess sie links liegen. Er behauptete, nichts Unrechtes oder Anrüchiges zu tun, das mochte ja sogar stimmen, aber er war weder physisch noch mental jemals zugegen, er hatte sein Interesse an ihr verloren. Sie fragte sich noch und noch, was sie dagegen hätte unternehmen sollen, damit es niemals so weit gekommen wäre, aber sie war sich keiner Schuld bewusst. Der Schein der guten Ehe und intakten Familie musste allerdings aus seiner Sicht gewahrt werden, das war der Tribut an die gesellschaftlichen Normen.

Sie fühlte sich traurig, hintergangen und um ihr familiäres Wohlbefinden betrogen, es machte sie zornig und widerspenstig, nunmehr bloss noch als Gegenstand behandelt zu werden. Alles in ihr bäumte sich in dieser misslichen Lage auf, sie fühlte eine grenzenlose Ernüchterung und Gering-schätzung, ja sogar Verbitterung über die erlittene Ungerech-tigkeit. Ihr war schon sehr oft klar geworden, dass ihr Leben so nicht weitergehen konnte, und sie beschloss mit dem Mut der Verzweiflung, noch am gleichen Abend mit ihm über eine Trennung zu sprechen. Sie schluckte ihre Furcht und Entmu-tigung tapfer hinunter und ging irgendwie ein wenig erleich-tert wieder nach Hause. Der Entschluss allein hatte ihr etwas von ihrem Tatendrang und Mut zurückgebracht.

Mit einem flauen Gefühl in ihrer Magengegend begann sie, das Nachtessen für ihn und ihre drei Kinder zuzubereiten. Es gab einen Zwetschgenkuchen mit Rahm, und sie stellte einen Krug Milch und eine Kanne Kaffee dazu.

Wie immer erschien er verspätet zum gemeinsamen Essen, um dann, ebenfalls wie immer, gleich nachher wieder zu sei-nen Eltern zu entfliehen.

Als sie die Türe ins Schloss fallen hörte, schaute sie dem kommenden Gespräch tapfer und irgendwie trotzig entgegen. Bevor die Kinder am Tisch erschienen, sagte sie ihm kurz und unumwunden, dass sie sich von ihm trennen wolle. Seine ein-zige Erwiderung war:

Warum, ich bin doch so glücklich!

Sie glühte vor Wut, das Blut stieg ihr ins Gesicht und ihr In-neres kochte. Das einzige, was sie hervorbrachte, waren die gezischten Worte:

So, und ich?

Dann packte er Kuchen, Kaffeekanne, Milchkrug und schleu-derte alles mit voller Kraft auf den Boden in die entfernteste Ecke der Küche. Darauf folgten Teller, Tassen, einfach alles, was auf dem Tisch stand. Am Boden breitete sich eine Pfütze aus einem Gemisch von Scherben, Getränken und Kuchen aus. Dabei schrie er wie ein wildes Tier. Alle drei Kinder stürzten die Treppe hinunter, worauf sie die Drei mit strenger Stimme wieder nach oben schickte. Als das ganze Geschirr den Gang der Vernichtung hinter sich hatte, stürmte er wutentbrannt zur Tür hinaus.

Sie war in einem unbeschreiblichen, aufgewühlten Zustand, zornig, wütend, enttäuscht von ihnen beiden, den Tränen nahe, aber sie beherrschte sich, denn ihre Kinder waren noch in einer viel schlimmeren Verfassung, sie konnten nichts mehr verstehen und fingen alle an zu weinen. Was sollte sie ihnen sagen und erklären, dass ihr Vater ein Unmensch sei, das hatten sie eben mitbekommen. Also versuchte sie, so gut es ging, sie zu beruhigen, indem sie ihre eigene ohnmächtige und schreckliche Verfassung ausblendete, was sie schon oft der Kinder wegen in ihrem Leben hatte tun müssen. Es dauerte lange, bis sich die Drei gefangen hatten und zu Bett gehen konnten.

Dabei kam ihr zum Bewusstsein, wieviel es sie wohl noch kosten würde, bis dieser Mann begriffen hatte, was Sache war. Der Gewaltausbruch liess sie befürchten, und dies leider zu Recht, dass es wohl noch viele derartige Szenen geben würde, bis sie da war, wo sie hinwollte und musste.

Der Sprung

Jetzt war der Tropfen da, welcher das Fass zum Überlaufen brachte.

Sie war schon lange bereit zu springen. All ihre Hoffnungen hingen an diesem einen Sprung, auf den sie halb sehnsüchtig, halb voller Bedenken, wartete. Auf den endgültigen Sprung aus dem kleinen fliegenden Flugzeug, in dessen offener Türe sie sass, die Beine im Freien baumelnd, mit der Hand nahe der Reissleine des Fallschirmes. Der Sprung würde ihren bisherigen Alltag schlagartig und unwiederbringlich verändern. Sie betrachtete die kleine Welt unter und um sich und sehnte sich plötzlich nach Frieden und Ruhe, sowohl innen als auch aussen. Ihr Herz drückte sie manchmal wie ein schwerer Kloss, der sie öfters zögern liess.

Einerseits sass sie grübelnd in der Tür, sich wieder und wieder fragend, ob ihr Verhalten nicht vermessen war, was sie denn da möglicherweise alles heraufbeschwor, dessen sie sich nicht bewusst war. Die Zweifel nagten an ihr und setzten ihr zu, sie haderte mit sich selber, ob ihr endgültiger Sprung wirklich das Beste für die bestehende Situation war. Sie hatte keine Ahnung oder Vorstellung, was danach auf sie zukommen könnte. Dennoch fürchtete sie sich keinesfalls vor dem Sprung, der führte allenfalls zu neuen und interessanten Begegnungen und Erlebnissen im Leben, und das erwartete sie mit grosser Spannung.

Andererseits war ein Mann, ein Lebenspartner, der mit dem Bügeleisen nach ihr warf und sie bloss deshalb verfehlte, weil sie sich geduckt hatte, wohl auch nicht das Richtige. Das Bügeleisen war scheppernd und klirrend gegen das geschlossene

Fenster gekracht. Er beschuldigte sie danach, ihn durch ihre schiere Anwesenheit provoziert zu haben, weshalb solche Wutausbrüche für ihn nichts Aussergewöhnliches waren. Deswegen waren sie beide bereits in Beratungen gewesen, aber es war alles vergebens.

In Anbetracht und unter Berücksichtigung all dieser unliebsamen Vorkommnisse war für sie der Sprung aus diesem Leben in ein anderes wohl mehr als angezeigt und wünschenswert. Es würde zwar keinesfalls leicht und einfach sein, wieder Fuss zu fassen und ihren Kindern ein weniger turbulentes Dasein zu ermöglichen, aber ungeachtet dessen wagte sie ihn.

Sie hielt den Atem an, blickte sich nochmals langsam und gründlich in ihrem Leben um und tat mutig den Sprung, trotz der Bedenken, Ungewissheit und der inneren Skrupel, die sie plagten.

Der lebensnotwendige Absprung beinhaltete und bedeutete ebenso die positive und freudvolle Gestaltung eines neuen Lebenskapitels, was sie genau wusste und worauf sie sich auch freute.

Zwei Monate später war sie getrennt von ihrem Mann und lebte mit ihren Kindern in einer grossen, sonnigen Wohnung, zum guten Gedeihen aller, wie es den Anschein machte. Aber noch lauerte und harrte die definitive Scheidung im Hintergrund.

Der Unfall

Sie schlug die Augen auf und blickte erstaunt um sich. Wo war sie denn hier und wie kam sie hierher? Es sah aus, als wäre sie in einem Spital, vielleicht hatte sie ein Kind bekommen, denn das war für sie die einzige Zeit in ihrem Leben, in welcher sie das Innere eines Krankenhauses kennen gelernt hatte. Eine Schwester setzte sich an Noras Bett und berichtete ihr kurz und bündig, dass sie einen schweren Autounfall erlitten hatte. Langsam begannen ihr die Umstände in ihrem Hirn zu dämmern und sie erinnerte sich, dass sie mit ihrem Neffen und ihrem Sohn, beide etwa zwölf Jahre alt, ins Schwimmbad hatte gehen wollen, zumal es ein sonniger und heisser Sommertag war.

Was war denn nun genau geschehen? Nora hatte keinerlei Erinnerung, einfach ein leeres, schwarzes Loch in ihrem bewussten Leben.

Ein junger Arzt kam an ihr Bett und fragte sie nach ihrem Namen, doch als sie ihn sagen wollte, war da einfach nichts. Es konnte doch nicht sein, dass sie ihren eigenen Namen nicht mehr wusste, aber so war es eben doch. Sie versuchte krampfhaft, ihn irgendwo zwischen ihren verworrenen Erinnerungsfetzen zu finden, aber er war einfach verschwunden. Erst nach einigen Minuten angestrengten Denkens kam er endlich zum Vorschein, sie atmete sichtlich erleichtert auf und nannte ihn dem Arzt. Nun bat er sie, einfach nur neun und acht zusammen zu zählen. Nora war immer eine gute und schnelle Rechnerin gewesen, aber diese beiden Zahlen liessen sich schlicht und einfach nicht zusammenfinden. Ihr Denkvermögen war dermassen beeinträchtigt, dass es wiederum, wie ihr schien, eine lange Zeit brauchte, bis sie endlich die Lösung siebzehn im kärglichen Rest ihres Denkens gefunden hatte.

Nun wollte sie haargenau wissen, was sich denn eigentlich zugetragen hatte: der Arzt erzählte ihr, dass ein Auto von links kommend in voller Fahrt in ihren Wagen geknallt war, worauf ihr Auto einen Baum rammte und die Türen durch den Aufprall rechts aufsprangen, so dass die beiden Buben hinausgeschleudert wurden. Ihr Neffe sass hinten und fiel auf den Grasboden neben dem Baum, wogegen ihr Sohn, der vorne gesessen war, an den Baum prallte. Dabei wurde seine Schlagader an der rechten Stirnseite verletzt. Mit jedem Herzschlag schoss das Blut aus der Wunde, wie aus einem aufgedrehten Wasserhahn. Ein junger Mann, welcher den Unfall vom Nachbarhaus aus beobachtet hatte, erkannte diesen lebensgefährlichen Zustand sofort, eilte zu dem am Boden liegenden Buben und presste seine Finger kurzerhand auf die klaffende Wunde. So konnte der Blutstrom gestoppt werden, bis der Krankenwagen kam.

Auf Noras Frage, wo die beiden Buben jetzt seien, erfuhr sie, dass sie ins Kinderkrankenhaus eingeliefert worden waren.

Nora fühlte sich zerschmettert und todmüde, ihr Hirn hatte Mühe, all diese Mitteilungen zu behalten, verstehen, bearbeiten und einzuordnen. Angeblich litt sie an einer schlimmen Hirnerschütterung, einem gefährlichen Schock, einem gebrochenen Sprunggelenk, einer Milzverletzung und etlichen gebrochenen Rippen. Es war ihr verboten, sich aufzurichten, zu sitzen und von Gehen war ohnehin keine Rede. Zu einem späteren Zeitpunkt musste noch ihr Gelenk operiert werden, so dass demzufolge mit einem längeren Aufenthalt im Spital zu rechnen war. Mühsam klaubte sie die wenigen dürftigen Erinnerungsstücke, welche ihr geblieben waren, zusammen und setzte so fragmentarisch ihr Leben wieder zusammen.

Nora lebte getrennt von ihrem Mann mit ihren drei Kindern in einer geräumigen zweistöckigen Wohnung, war aber zum Zeitpunkt ihres Unfalls, zusammen mit ihrer Mutter und den Kindern, im Ferienhaus am See gewesen. Wegen ihrer Arbeit musste sie nach Hause zurückkehren und nahm ihren ältesten Sohn und ihren Neffen mit, weil ihrer Mutter die Betreuung von vier Kindern denn doch zu viel war. Als Nora ihren Auftrag erledigt hatte, beschloss sie, mit den beiden Buben ins Schwimmbad zu fahren, als auf dem Weg der folgenschwere Unfall geschah. Seine tragischen Folgen waren mehr als verhängnisvoll, denn nun trat ihr noch Ehemann auf fatale Weise auf den Plan.

In Noras Handtasche befanden sich die üblichen Gegenstände und ein Brief von ihrem jungen holländischen Aupair-Mädchen Jannie mit deren Bitte, sie am Bahnhof abzuholen, denn gemeinsam wollten sie zurück ins Ferienhaus fahren. Die Tasche mit Inhalt wurde ihrem Mann ausgehändigt, weil sich darin keinerlei Hinweis befand, dass sie gerichtlich getrennt lebten. Ihr Mann erachtete die eheliche Zerrüttung und das Zerwürfnis keinesfalls als trennungswürdig und ging zum Gericht, schilderte die Sachlage und erhielt so das Recht und die Kompetenz, Kinder und Jannie und deren Sachen wieder aus Noras Wohnung zu behändigen, angeblich für die Dauer der Genesungszeit. Das genügte ihm aber noch nicht, denn er zog seine Widerklage auf ihr Scheidungsbegehren zurück und erklärte, er wolle sich ohnehin nicht scheiden lassen.

Zusätzlich zu Noras Unbeweglichkeit, Hirnerschütterung und Folgeauswirkungen ergab sich für sie eine unhaltbare Situation. Sie versuchte ständig, die Ereignisse einigermassen im Kopf zu ordnen, was ihr aber nur stückweise gelang. Dennoch setzte sie alle Hebel in Bewegung, um diesen unheilvollen und leidigen Zustand zu relativieren und rückgängig zu machen.

Noras Mann ging unterdessen zusammen mit seinem Vater in das Ferienhaus, wo Noras Mutter die zwei kleineren Kinder hütete. Er holte sie sich, entgegen der Einwände der Grossmutter, welche doch durch ihre Tochter zur Betreuung der Kinder ermächtigt worden war. Nora konnte sich die Szene gut vorstellen, die beiden fordernden Männer, die verschüchterten Kinder und die aufgebrachte und ratlose Grossmutter, welche sich gegen die männliche Übermacht erfolglos zu wehren versuchte. Es war schon in ihrer Vorstellung grauenvoll, geschweige denn in Wirklichkeit.

Mit ihren beschränkten Mitteln versuchte Nora vom Spital aus alles Mögliche und Unmögliche, um diese unselige Ereignisflut in ihre Kanäle zurück zu versetzen, sei es mit Hilfe ihres Anwalts, der Vormundschaftsbehörde, ja sogar mit dem Pfarrer. Es war alles vergebens, sie wurde überall auf später vertröstet.

Die beiden Buben im Kinderspital mussten plötzlich heimgeholt werden, weil dort die Röteln ausgebrochen waren, und wegen der Ansteckungsgefahr nur noch Notfälle bleiben durften. Also kam Noras Schwester mit Mann und ihrer Mutter nach Basel, sie holten Noras Neffen ab und kehrten wieder zurück.

Dass sie Nora in ihrem Elend nicht besuchen kamen, setzte ihr ausserordentlich zu und sie fragte sich, ob sie denn überhaupt eine Familie hatte, eine Familie, zu der auch sie gehörte. Es war eine traurige und äusserst schmerzliche Erfahrung festzustellen, dass dem nicht so war. Dieses Ausgeschlossen-sein begleitete sie ihr ganzes Leben, immer wieder musste sie diese grausame Erfahrung machen.

Ihr Mann holte ihren Sohn aus dem Kinderspital nach Hause.

Zwei Wochen später wurde Nora notdürftig zusammengeflickt entlassen, konnte aber noch nicht allein zurück in ihre Wohnung, weil sie eine Betreuung brauchte. Ihre Mutter begleitete sie in ihr leeres Zuhause, ohne Telefon, ohne Kontaktmöglichkeit.

Für Nora waren ihre Kinder von einem Tag auf den andern einfach weg, unwiederbringlich verschwunden. Wie mochte es ihnen ohne ihre Mutter ergehen und was wurde ihnen als Grund für diese totale Entfremdung angegeben? Wann würde sie die drei wohl das nächste Mal sehen? Nora fragte sich dies wieder und wieder und fand keine Antwort. Niemand meldete sich, um sie zu informieren, und sie hatte keine Ahnung, wie es ihren Kindern ging. Keiner besuchte sie und gab ihr Bericht über den Zustand und die Befindlichkeit der Drei, sie hatte keinerlei Wissen, wie es ihnen in dieser trostlosen Lage erging. Für sie war es gänzlich unmöglich, sich fortzubewegen und selber nachzusehen.

Da geschah ein Wunder! Eines Tages läutete es an der Tür. Nora humpelte mit ihrem Gipsbein hin, um zu öffnen, und da standen ihre drei Kinder zusammen mit Jannie. Nora brach zum ersten Mal in Tränen aus, aber nur kurz, dann nahm sie alle drei in den Arm. Die Tränen liefen unaufhaltsam, aber es waren Tränen der Überraschung, der Erleichterung, der Freude und der Überwältigung, des Erstaunens. Des Augenblicks der Glückseligkeit, ihre Kinder wieder im Arm halten zu können. Sie blieben eine Weile, erzählten, berichteten und lachten. Als aber der Nachmittag langsam fortschritt, bemächtigte sich der ganzen glücklichen Runde ein frostiges und bedrohliches Gefühl des Aufbruchs, und wenig später nahm das Wunder sein Ende.

Nora fühlte sich nach diesem glücklichen Zwischenfall noch ausgeschlossener und völlig allein, zurückgelassen und verstossen. Die Familie hatte Nora aus ihrer Mitte endgültig entfernt. Sie versank in eine abgrundtiefe Traurigkeit, aus der sie sich lange Zeit nicht mehr befreien konnte.

Keiner der Sippe hat jemals etwas von diesem heimlichen Besuch erfahren.

Das Ende

Heute würde Nora etwas erleben, was wohl nicht sehr oft im Leben eines Menschen vorkam, wenn überhaupt.

Das Wetter war prächtig, sonnig und lau, genau wie man es sich im Vorsommer wünschte. Die Natur hatte ihr grünes und buntes Gewand nach dem langen Winter wieder erstrahlen lassen, und jedermann schien sich daran zu erfreuen. Vielleicht war dieser Morgen ein gutes Omen für das Geschehen, welches Nora bevorstand. Sie kleidete sich sorgfältig, nicht zu auffällig, nicht zu bieder und brav, so dass ihre Erscheinung nicht besonders ins Auge stach, aber trotzdem wahrgenommen wurde. Denn sie bereitete sich auf ihren Scheidungstermin vor.

In dieser Hinsicht hatte Nora nur ein Anliegen, und das waren ihre drei Kinder. Seit ihrem schweren Autounfall vor fünf Monaten waren sie notgedrungen wieder bei ihrem Vater untergebracht worden, obgleich alle drei gerichtlich Noras Betreuung zugesprochen waren. Während ihres langen Spitalaufenthaltes und der nachfolgenden Erholungszeit hatte sie die Kinder nur einmal gesehen und wusste deshalb nicht, wie es ihnen in dieser schwierigen Zeit ergangen war. Zwar setzte Nora voraus, dass ein Gericht ja wohl nicht ohne triftigen Grund der Mutter die Kinder entziehen kann oder wird, aber eine innere Unruhe weckte Zweifel und Befürchtungen.

Pünktlich zum Termin traf sich Nora mit ihrem Ehemann im Gerichtsgebäude und beide wurden in den Sitzungssaal geführt. Dieser war ähnlich eines Versammlungszimmers bestuhlt. Vorne befanden sich die Sitze der sieben Richter, wobei der Gerichtspräsident in der Mitte seinen Platz hatte. Alle

Anwesenden wühlten leicht gelangweilt in ihren Papieren, bis die Sitzung eröffnete wurde, und einer nach dem andern ausführte, warum und weshalb er diesem Scheidungsbegehren zustimmte oder eben nicht.

Nora begann auf ihrem Stuhl zu beben vor Entrüstung und Zorn, dass diese älteren Herren in ihrer Sattheit und Überheblichkeit nun bestimmen konnten, wie sie künftig zu leben hatte. Keiner kannte sie, niemand wusste um sie, hatte sie jemals getroffen oder mit ihr gesprochen, keiner schaute auch nur, wer da vor ihm sass. Sie war zu einer Sache verkommen, über die man nun zu beschliessen hatte. Sie wurde ausschliesslich zu ihrer Person befragt, weiter hatte sie nichts zu sagen. Es war doch ihr künftiges Leben, welches hier verhandelt und worüber bestimmt wurde. Das Blut war ihr in den Kopf gestiegen, sie musste an sich halten, um ihrer Wut und ihrem Zorn nicht freien Lauf zu lassen! Dadurch würde sie sonst die Lage nur noch schwieriger machen. Ihre Ohnmacht war beinahe greifbar. Welch einer Gesetzgebung wurde sie da gegenübergestellt!

Noras Ehemann stammte aus einer Familie, deren Firma im Dorf Arbeitsplätze geschaffen hatte und aus diesem Grunde sehr angesehen und respektiert wurde. Sie hingegen war eine Zugezogene aus einem andern Kanton, sprach einen anderen Dialekt und hatte eine zeitgemässere und fortschrittlichere Auffassung der Lebensführung.

Die Herren hatten ihr Urteil gefällt: drei waren für, drei gegen die Scheidung. Es lag nun am Gerichtspräsidenten, seine Entscheidung offenzulegen, und er war dafür.

Nun wurde über die Zuteilung der Kinder beraten: sechs der zuständigen Herren folgten dem Antrag des Vaters und fanden, die Kinder seien doch gut in der Familie des Vaters und ihrem grossen Haus aufgehoben, dabei sei wohl zum heutigen Zeitpunkt besser nichts zu ändern. Einzig der Vorsitzende sah die Lage anders, was aber keinen Einfluss auf den Entscheid hatte.

Nora war zutiefst empört. Niemals würde sie dieses Urteil unangefochten und kampflos einfach so hinnehmen. Ihr schwanden beinahe die Sinne bei so viel männlicher Selbstgefälligkeit. Es waren doch auch ihre Kinder, alle um die zehn Jahre alt, von ihr förmlich im Alleingang gehegt und gepflegt; der Vater war kaum je zu Hause gewesen, sondern hatte seine Zeit mehrheitlich bei seinen Eltern verbracht.

Es war für Nora kaum zu begreifen, dass sie praktische keine Rolle spielte, höchstens eine nützliche Nebenrolle zur Aufrechterhaltung der geltenden Normen und Ordnung.

Als sie das Gerichtsgebäude verliess, fühlte sie sich elend und schlecht. Sie setzte sich auf eine Bank und schleppte sich später wie betäubt nach Hause. Allerdings beschäftigte sie sich bereits mit dem Gedanken des Widerstandes, denn niemals würde sie dieses Urteil anerkennen und billigen.

Noras Konflikt

Nora mochte ungefähr dreissig sein, eine hübsche, temperamentvolle und erfolgreiche Frau, welche seit zwei Monaten von ihrem Mann getrennt lebte. Ihre Ehe war wie ein schlechtes Schachspiel gewesen, die einzelnen Züge hatten sich mehrheitlich zielgerecht und direkt auf schachmatt hin bewegt, worauf sie ihre Konsequenzen gezogen hatte und die Scheidung von ihm verlangt hatte. Seit jeder nun schon seit längerem für sich hauste, hatte sich die Atmosphäre sichtlich entspannt und sie konnten wenigstens wieder einigermassen normal miteinander verkehren. Doch mit ihm über ihren Konflikt zu reden, war völlig aussichtslos, so dass sie den Gedanken gleich wieder verwarf, denn sie kannte seine aufbrausende und gewalttätige Art zu reagieren, wenn er mit etwas konfrontiert wurde, das ihm nicht passte oder dem er nicht gewachsen war.

Ihren Freund konnte sie auch nicht zu Rate ziehen, um mit ihm über den anstehenden Konflikt zu diskutieren, denn für ihn gab es gar nichts zu erörtern, für ihn war das ganz einfach, weil es nur die eine Lösung gab, und dabei blieb er in seiner ganzen Sturheit.

Sie hingegen wälzte ihr Dilemma hin und her, betrachtete die Sache von allen möglichen und unmöglichen Seiten und kam trotzdem nicht zu einer schlüssigen Lösung.

Sie fragte sich, ob nicht vielleicht ihre Schwester eine Hilfe sein könnte. Aber auch dieser Weg schien unter den gegebenen Verhältnissen unmöglich. Deren Mann würde nie und nimmer zu einer Unterstützung, welcher Art auch immer, Hand bieten.

Ihren Bruder um Rat zu fragen war ebenso fragwürdig, hatte doch dessen Frau keinerlei Interesse an einem engeren Kontakt mit ihrer Schwägerin.

Zudem steckte auch er in einer schwierigen familiären Lage.

Da dachte Nora an ihre Mutter, vielleicht wusste sie um einen Ausweg aus der zwiespältigen Angelegenheit ihrer Tochter. Mama war eine kühle und distanzierte Frau, Gefühle waren Luxus, und sie zu zeigen war weder erwünscht noch angebracht. Trotz dieses Wissens, erfahren als Kind und Jugendliche, entschloss sich Nora, in diesem speziellen Fall doch Mama um Rat zu fragen, denn die Tragweite des künftigen Entschlusses, den sie zu fällen hatte, war unermesslich und endgültig.

Eines Abends nun setzte sich Nora in ihr Auto und fuhr zu ihrer Mutter. Es war bereits zehn Uhr nachts und Mama schien trotzdem nur mässig erstaunt, von Nora zu später Stunde besucht zu werden, liess sich aber nicht viel anmerken. Sie machte Tee und die beiden Frauen plauderten, als wäre es das Normalste, sich nachts unerwartet zu treffen. Nora wartete auf die Frage nach dem warum, musste aber feststellen, dass ihre Mutter weder das Bedürfnis noch den Mut hatte, nach dem Grund des Besuchs zu fragen, denn es war ihr wahrscheinlich sehr bewusst, dass es sich um ein schwerwiegendes Anliegen handeln musste. Nora aber ahnte, dass Mama mit der Situation nicht umgehen konnte und daher lieber gar nichts wissen wollte. Sie besass nicht genug Rücksichtslosigkeit, das Befinden ihrer Mutter einfach zu ignorieren und von sich aus zu erzählen, weil sie spürte, dass Mama mit der Angelegenheit ihrer Tochter schlicht und einfach überfordert wäre, weshalb sie auch keine Hilfe sein könnte.

Bitter enttäuscht stellte sie fest, dass sie sich völlig verrechnet hatte und wider besseres Wissen dem Impuls, ihre Mutter zu konsultieren, nachgegeben hatte. Das Treffen war so schmerzhaft, dass es ihr die Stimme verschlug, denn die Tatsache, dass nicht einmal in einer derartigen Ausnahmesituation die Frage nach dem warum und wieso gekommen war, setzte ihr dermassen zu, dass sie sich verabschiedete und unverrichteter Dinge, verzweifelt und enttäuscht, schluchzend und zermürbt zurück nach Hause fuhr.

Nun musste sie die Lösung ihrer unseligen Lage selber finden, ohne jemanden, der sie dabei hätte unterstützen oder begleiten können. Es war die schwierigste und tragweiteste Entscheidung ihres Lebens und ausserdem nicht, was sie insgeheim wollte. Dabei ging es um die Endgültigkeit des Lebens, einen Entschluss ohne Umkehr oder Korrektur, zentnerschwer und unsäglich traurig. Sie fühlte sich an einem Abgrund und es gab keinen Weg zurück.

Eine Woche später war ihre Schwangerschaft beendet.

Im Regen

Unaufhaltsam und stetig klatschten die klaren, durchsichtigen Tropfen auf die Windschutzscheibe, kullerten eilig nach unten, gefolgt von den nächsten und übernächsten. Durch das Autodach war der Regen wie ein vertrautes Geräusch aus der Kindheit anzuhören, als Nora vor langer Zeit mit ihren Geschwistern auf dem Dachboden ihres hölzernen Ferienhauses gemeinsam gespielt hatte. Es waren Momente der Gemütlichkeit und Geborgenheit gewesen, von denen sie heute noch zehrte. Ob sie wohl ihrem Kind auch solche köstlichen Momente würde bescheren können?

Tief in Gedanken versunken fuhr sie durch den strömenden Regen weiter, sinnierend und sich vorstellend, wie sich ihr Leben verändern würde, denn diesen Morgen hatte Nora erfahren, dass sie Ende des Jahres nochmals Mutter werden würde. Sie freute sich bereits darauf und würde das Kind unter allen Umständen haben wollen, auch wenn sie keineswegs in sogenannten geordneten Verhältnissen lebte. Zwar würde sich der künftige Vater bestimmt freuen und sie sogleich heiraten wollen, aber entsprach dies auch immer noch ihrem Wunsch?

Vier Jahre waren sie nun zusammen und es gab eine Zeit, da hätte sie sich nichts sehnlicher gewünscht, als dass er sich zwischen seiner langjährigen Freundin und ihr entscheiden würde. Nie hatte sie ihn gedrängt, hatte ihm Zeit gelassen, um sich klar zu werden, was er eigentlich wollte. Doch nach und nach war ihr Wusch nach Entscheidung und Bekennung verblasst und verschwunden. Das Argument für seine ewige Unentschlossenheit war die Tatsache, dass seine Freundin die älteren Rechte an ihm habe. Eine Entscheidung aufgrund seiner kommenden Vaterrolle war nicht das, was sich Nora ersehnt und vorgestellt hatte.

Wie war denn alles am Anfang gewesen und so geworden?

Nora arbeitete an einer Sprachschule und hatte ihren Kollegen vor einiger Zeit an einem Betriebsausflug wahrgenommen und kennen gelernt. Daraus hatte sich ein offenes, freundschaftliches Verhältnis ergeben, bis er sie eines Tages bat, ihm seine Doktorarbeit zu tippen. Sie schaute sich die Aufgabe an, überlegte es sich und sagte zu. Das lose Verhältnis verwandelte sich nach und nach in eine stürmische Liebesbeziehung, welche Nora wie eine Offenbarung erschien und sie zutiefst erschütterte. Dabei lernte sie etwas kennen, von dessen Existenz sie zwar ahnte, was sie jedoch nie auch nur ansatzmässig erlebt und erfahren hatte.

Wohl hatte sie drei Kinder, aber das eheliche Intimleben war für sie eine unliebsame Nebensache gewesen, etwas Fremdes und Befremdendes, denn es entbehrte jeglicher Vertrautheit und Gemeinsamkeit. Stets war es in völliger Dunkelheit nach demselben Muster verlaufen, einfach mechanisch, wie das tägliche Zähneputzen. Das hatte sie sehr traurig gemacht.

Er aber hatte ihr eine völlig neue Welt, das Reich der Erotik, der Zärtlichkeit, der Zuwendung, Zuneigung, des Begehrens und der Ekstase eröffnet und sie dabei total verändert!

Eine unsägliche Leidenschaft hatte sie beide gepackt, sie liebten sich wo auch immer und zu jeder Zeit, ungestüm, phantasie- und hingebungsvoll, wobei sie gegenseitig durch ihre Körper die Erfüllung fanden.

Sachte und vorerst unbemerkt entwickelte sich für Nora daraus eine Abhängigkeit, welche ihr unheimlich und gefährlich erschien. Sie versuchte alle möglichen und unmöglichen Mittel einzusetzen, um diesem Zustand wieder zu entkommen. Dabei wandte sie sich an seine Freunde und hegte seltsame Theorien, wie ihr zu helfen sei, aber nichts zeitigte den geringsten ersehnten Erfolg. Sie musste einsehen, dass sie dieser Leidenschaft bereits verfallen war, was sie zum damaligen Zeitpunkt keinesfalls unglücklich machte.

Die nächsten Jahre waren wohl die glücklichsten in Noras Leben gewesen. Gemeinsam mit ihren drei Kindern bildeten sie eine lockere Familie; zusammen zu fünft machten sie Ferien in den Bergen, unternahmen Wanderungen und Besichtigungen, was allen zusagte und gefiel. Nora fühlte sich ausgefüllt und glücklich und war sich dessen auch bewusst.

Als Paar gingen sie auf Reisen im In- und Ausland und genossen es in vollen Zügen.

Aber immer blieb da auch eine schmerzliche Kränkung: seine Freundin mit den älteren Rechten, welche sie auch von Zeit zu Zeit einforderte und er ihr gewährte! Nora steckte diesen Störenfried vorerst geduldig weg, aber mit der Zeit konnte sie nicht mehr darüber hinwegsehen, und es fing an, sie zu ärgern und zu verwirren. Langsam nagte es an ihrer Geduld und Toleranz, denn sie erwartete von ihm nach wie vor eine Entscheidung. Er aber hatte keinerlei Lust auf eine solche und fuhr fort, auf zwei Hochzeiten zu tanzen, was sie dazu bewog, gar nicht mehr so sehr auf seine Entscheidung zu pochen.

Was nun? Nora wollte ihn nicht mehr heiraten, er war ihr zu wenig ehrlich und verbindlich, auch rücksichtslos und eigensüchtig.

Aber hatte sie das Recht, das Kind allein aufzuziehen? Hatte sie nicht schon drei Kinder, welche zwischen Vater und Mutter hin- und her pendelten? Wollte sie jetzt wieder einem Kind zumuten, in solch unstabilen Verhältnissen aufzuwachsen?

Nora war selber als Halbwaise ohne Vater aufgewachsen und wäre auch lieber in einer intakten Familie gross geworden.

Sie überlegte sich hin und her und kam endlich zum Schluss, ihn doch zu heiraten, auch wenn er sich zu dieser Heirat nur entschliessen konnte, weil Nora sein Kind erwartete. Sie tat es dem Kind zuliebe, damit es in geordneten und stabilen Verhältnissen aufwachsen konnte.

Ein halbes Jahr später kam der Bub gesund und pausbackig auf die Welt. Am Tag seiner Geburt wurde sein Vater fristlos entlassen.

Geordnete Verhältnisse, ein frommer Wunsch!

Der Umzug

Nie konnte sich Nora satt sehen an dieser wunderschönen Aussicht im Abendlicht vom siebten Stockwerk aus. Die Wände der Häuser in der Stadt funkelten im Licht der untergehenden Sonne, sie leuchteten in einem intensiven, aber dennoch lichten Orange, und gaben der Stadt im gesamten ein ungemein einmaliges und interessantes Gepräge, ähnlich einem Schachbrettmuster. Im Hintergrund glühten die Hügel im Licht und traten ganz deutlich in den Vordergrund, und der Himmel, der sich darüber wölbte, war am Horizont glutrot. Diese intensive Farbe ging langsam über in ein kräftiges Orange, welches sich seinerseits ohne Abgrenzung in ein zartes Rosa verwandelte. Auch dies änderte sich sachte und kaum merklich in Hellblau, um dann unbemerkt in ein dunkles Blau zu wechseln, bis sich darüber der tiefblaue Nachthimmel mit den ersten Sternen ausbreitete.

Morgen würden sie von hier wegziehen und ihr neues Haus in einem Vorort beziehen. Die Jahre in der kleinen Zweizimmerwohnung, wo Nora schon vor ihrer Heirat gewohnt hatte, waren reichlich ereignisreich und voller Überraschungen gewesen. Nach der Geburt seines Sohnes stellte sich unversehens heraus, dass Noras Mann keinesfalls noch sehr grossen Wert auf den Kontakt mit den Kindern seiner Frau legte, nur seine kleine Familie schien für ihn eine Rolle zu spielen.

Aus Platzgründen war er in der Zeit des Besuchs der älteren Kinder wieder nachts in seine Studentenbude gezogen, die er stets als Ausweichmöglichkeit behalten hatte. Nora, etwas zu arglos, hatte dies am Anfang eine gute Idee gefunden, wobei sich aber mit der Zeit und besserem Wissen mehr und mehr herausgestellt hatte, dass sich sein Studentenzimmer zu seiner privaten Absteige verändert hatte.

Jedenfalls würde morgen vieles anders werden, denn sie bewohnten künftig ein Haus, welches für die ganze Familie mit allen vier Kindern gross genug sein würde, ohne dass er seine Studentenbude weiterhin zu benutzen brauchte.

Der Umzug verlief wie geplant und problemlos, viel Arbeit, viele Helfer, eine gute Stimmung und endlich genügend Platz. Für jedes der Kinder war ein Zimmert vorgesehen und bezeichnet worden, und sie freuten sich bereits darauf.

Am Abend, als etwas Ruhe eingekehrt war, erklärte Noras Mann jedoch unverhofft in trockener Stimme und schroffem Tonfall klipp und klar, dass er nie damit einverstanden gewesen sei, dass sich die Kinder in „seinem" neuen Haus häuslich einrichten könnten.

Allen blieb der Mund offen und Nora erwiderte, das könne er keinesfalls machen, und warum er denn während der ganzen Bauzeit niemals etwas Derartiges geäussert oder seine Einwendungen erwähnt hatte. Er blieb eine Antwort schuldig und schwieg.

Die Stille, welche darauf eintrat, war unbeschreiblich, die Luft dick zum Schneiden, alles bestürzte, verstörte und fassungslose Gesichter, Zorn, Enttäuschung, Traurigkeit, fast bis zur Bewusstlosigkeit.

Und Nora hatte vor nicht allzu langer Zeit noch insgeheim geglaubt, ein Geschwister für den Kleinsten wäre vielleicht künftig gar nicht so schlecht. Aber nach diesem Sturz wie von einer Klippe ins abgrundtiefe Nichts wusste sie, dass sie niemals mehr ein Kind haben würde.

Als sich Nora einigermassen gefasst und gesammelt hatte, bat sie ihre Kinder, ins Auto zu steigen, sie würde sie zurück zu ihrem Vater fahren. Mit wackligen Knien stolperte sie hinaus und versuchte trotz zittrigen Händen den Wagen zu starten und die Kinder zurückzubringen. Sie war völlig betäubt und gefühllos, nur kalt und leblos. Sie tat alles wie im Schlaf, unfähig auch nur ein Wort zu sagen. Die Kinder spürten ihre Pein und waren belämmert, bekümmert und ganz still. Und so kehrten sie wieder in ihr gewohntes Zuhause zurück.

Sie wusste nicht mehr, wie sie zurück zu ihrem neuen Haus, ihrem Mann und ihrem jüngsten Sohn fuhr, aber als sie eintrat, sassen die beiden am Tisch und assen ihren Abendimbiss. Für sie war auch gedeckt und sie setzte sich wie in Trance dazu, unfähig einen klaren Gedanken zu fassen. Da erinnerte er sie daran, sich bitte zusammen zu nehmen im Interesse ihres jüngsten Kindes.

Diese Bemerkung bewirkte in Noras Kopf und ihrer Seele einen Kurzschluss, und sie wurde ohnmächtig.

Als sie aufwachte, lag sie auf dem Sofa und es wurde ihr zum ersten Mal völlig bewusst, welch Ungeheuerlichkeit er ihr angetan hatte. Er jedoch fand sein Verhalten absolut normal und angebracht. Sie aber fühlte sich im Moment zu erschlagen, um sich zu wehren. Es würde ohnehin nur einen langen, hässlichen Streit absetzen, und er würde nach wie vor das tun, was er für richtig hielt, ungeachtet dessen, was Noras Meinung dazu war.

In ihrem neuen Haus war das gemeinsame Schlafzimmer mit einem grossen Bett ausgestattet, und es war für beide das erste Mal, dass sie zu Hause zusammen in einem gemeinsamen

Bett schlafen würden. Sie war neugierig und gespannt gewesen, welche Erfahrungen und Empfindungen sie da wohl erleben würde. Aber unter den Umständen dieses Tages war es ihr reichlich unangenehm, in einem gemeinsamen Bett mit ihm zu schlafen. Aufgrund der Ausstattung des Hauses blieb ihr jedoch nichts Anderes übrig.

Jeder lag auf seiner Seite, in der Mitte bestimmt noch Platz für einen Dritten; stattdessen breitete sich eisige Kälte, Feindseligkeit, Gleichgültigkeit, Wut und Enttäuschung zwischen ihnen aus.

Nora beschloss aus reiner Vernunft und Abgeschlagenheit, einfach einzuschlafen zu versuchen, denn sie fühlte sich ausgehöhlt und erschöpft. So konnte sie vielleicht neue Energie für den kommenden Tag schöpfen, um dann tatkräftig eine Lösung in dieser verfahrenen Situation zu finden und anzustreben. Sie wusste, dass sie dies möglich machen musste und würde alles daransetzen, um diese Aufgabe zu bewältigen und einen Ausweg aus der Sackgasse zu finden. Sie glaubte fest daran, dass es möglich sein würde. Und sie sollte damit Recht behalten.

Das neue Haus

Am folgenden Tag wachte Nora frühmorgens auf und musste sich zuerst einmal besinnen, wo sie denn eigentlich war. Diese einsame und eisige Nacht war wie ein Alptraum vorbeigegangen und schlagartig erinnerte sie sich daran, dass er ihre Kinder weggeschickt hatte, aus seinem Haus! Das war beinahe ein Witz, denn das Haus war genauso gut das ihrige, wenn nicht sogar eher mehr. Wenigstens war es als ihr gemeinsames Haus errichtet worden, mit der Absicht, nachfolgend das Sorgerecht für ihre drei Kinder wieder vom Vater an die Mutter übertragen zu lassen.

Was war denn da so schiefgelaufen, dass er plötzlich so störrisch geworden war? Hatte es mit ihr zu tun? Was ging in ihm vor?

Damals, nach ihrer Scheidung, waren die Kinder wieder in den Haushalt des Vaters eingezogen, gegen den Willen der Mutter und auch, weil diese aufgrund ihres schweren Autounfalls längere Zeit im Krankenhaus bleiben musste. Sie hatte sich vehement mit den ihr zur Verfügung stehenden Mitteln gegen diesen Entscheid gewehrt, aber es war völlig vergebens gewesen.

Von Amtes wegen war ihr geraten worden, die gleichen Verhältnisse wie ihr Exmann zu schaffen, dann hätte sie die Möglichkeit, ihre Kinder wieder selber betreuen zu können. Als sie sich danach erkundigt hatte, hiess es:

„Sehen Sie zu, dass Sie wieder mit einem gut verdienenden Mann verheiratet sind, genug Platz für die ganze Familie haben und nicht mehr arbeiten gehen müssen!"

Nora fand diesen Ratschlag eine Ungeheuerlichkeit, unverschämt und frech, auch sehr entwürdigend einer arbeitenden Frau gegenüber. Welch schamloses Handeln, welche Willkür doch da herrschten.

Langsam hatte sich ihre Entrüstung über diese Unverschämtheit von Amtes wegen abgekühlt und einem gewissen Sichfügen in das scheinbar Unabänderliche Platz gemacht, aber irgendwo war dennoch ein schwaches Echo hängen geblieben. Deshalb hatte sie damals begonnen, ihre männlichen Bekannten etwas näher unter die Lupe zu nehmen.

Schon seit längerer Zeit war sie mit einem gleichaltrigen Ökonomen befreundet gewesen, dessen Dissertation sie getippt hatte. Dabei hatten sie sich besser kennen gelernt und waren sich merklich nähergekommen.

Ihre Fantasie hatte ihr Bilder vorgegaukelt, die nach und nach auf die Bedingungen der Behörde zu passen schienen. Er hatte sich auch ganz gut mit ihren Kindern verstanden, sie hatten viel zusammen unternommen und waren so zu einem gemeinsamen Teil ihres alltäglichen Lebens geworden.

Als sich ihr viertes Kind angekündigt hatte, war ihre Heirat zu einer beschlossenen Sache geworden. Daraufhin hatten sie begonnen, ein Haus mit Platz für alle zu bauen. Anschliessend würden sie dann beim Gericht die Änderung der Zuteilung des Sorgerechts vom Vater wieder an die Mutter beantragen.

Der Ausgang des Umzugstages und die einsame und eisige Nacht hatten ihr gezeigt, dass irgendetwas völlig schiefgelaufen war. Wie sollte, wie konnte es weitergehen? Sie grübelte den ganzen Tag daran herum und kam zu keinem brauchbaren Schluss.

Tags darauf sprach sie ihren Mann darauf an, und er erklärte ihr und den Kindern kurz und bündig, dass nun seine eigene, kleine Familie im Vordergrund stehe, und die älteren Kinder nur noch mit seiner ausdrücklichen Erlaubnis in das neue Haus kommen dürften. Dies im Gegensatz zu vorher, als sie jederzeit in Noras Wohnung willkommen gewesen waren. Die Lust und Freude an dem neuen Heim war ihnen allen bereits vergangen, und sie blieben aus freien Stücken weg, zumal sie von ihrem Vater dazu auch noch ermutigt wurden.

Zum zweiten Mal in ihrem Leben versuchte ein Mann, den Kindern die Mutter zu entfremden und von ihr fern zu halten! Diese Erkenntnis war mehr als bitter und drohte sie nahezu zu erdrücken.

Sogleich sann sie jedoch auf einen Ausweg aus dieser unmöglichen und unzumutbaren Lage. Dabei kam ihr spontan das Familien Ferienhaus in den Sinn. Von nun an verbrachte sie die meisten Wochenenden mit allen ihren Kindern in dem Haus am See, sei es mit ihrem Mann oder auch ohne ihn.

Obschon das Haus nicht als wintertauglich galt, rüstete sie es, so gut es ging, auch auf Winterbetrieb um. Der Ofen musste Tag und Nacht am Brennen gehalten werden, Holz musste beim Bauern geholt und herbeigeschleppt werden und ihre Kleidung musste dementsprechend warm sein.

Ganz unerwartet verwandelte sich die Notwendigkeit des Ausweichens in eine willkommene Abwechslung, welche wunderbare Momente, Eindrücke und Erinnerungen hinterliess, nicht nur bei ihr, sondern ebenso bei den vier Kindern.

Selbst ihr Mann, welcher durch seine extremen Bedingungen den Verbleib ihrer drei Kinder in dem neuen Haus derart hart eingeschränkt, wenn nicht sogar verunmöglicht hatte, kam gerne mit.

Eine gute und hilfsbereite Freundin stellte jeweils Mitte Dezember einen Tannenbaum vor die Tür und das gemeinsame weihnächtliche Treiben konnte beginnen. Es waren Momente voller Überraschungen und Freuden. Das dortige Leben war zwar einfach, ohne Luxus, dafür aber reich an vielen unerwarteten Begebenheiten als auch neuer Freundschaften, welche noch bis heute halten.

Im Sommer dagegen verliefen die Wochenenden ähnlich denjenigen von sonnenhungrigen bade- und schwimmfreudigen Ausflüglern, mit der Besonderheit, dass die Familie jeweils häufig dann und während der Ferien in dieser herrlichen Gegend im eigenen Haus direkt am See wohnte.

Auf diese Weise blieben die Kinder alle vier einander verbunden und der Mutter nahe. Es wurden daraus Jahre der Freude, erlebnisreichen Unterfangens und beglückender Erinnerungen.

Die Gespräche

Es war an einem herrlichen Sommerabend, draussen roch es nach Heu und Fliederblüten, die Natur zeigte sich von ihrer schönsten Seite, als ihre Ehe in die verhängnisvolle Endrunde geriet.

An diesem Abend – sein Onkel war zwei Tage zuvor gestorben – plante er, nach Deutschland zu fahren, um am nächsten Tag pünktlich bei der Beerdigung anwesend zu sein. Er versprach ihr, sie anzurufen, wenn er in Frankfurt angekommen sei.

Die Stunden zogen sich hin und der Anruf blieb aus. Um Mitternacht rief seine Mutter an, sie war in heller Verzweiflung, weil ihr Sohn nicht angekommen war.

Eine nächtliche Suchaktion auf der Autobahn wurde eingeleitet, aber nichts klärte sich auf. Er war spurlos verschwunden.

Am Morgen traf er bei seiner Mutter ein und auf ihre Frage, wo er denn die Nacht verbracht habe, blieb er eine Antwort schuldig.

Als er tags darauf nach Hause zurückkehrte und auch seine Frau wissen wollte, was denn geschehen war, gab er wiederum keine Antwort. Sein stures Schweigen ärgerte sie masslos und sie forderte von ihm eine Erklärung, aber auch darauf sagte er nichts.

Also fragte sie ihn aufs Neue, worauf er antwortete: das geht dich nichts an.

Nun war sie völlig ratlos, verstört und deprimiert. Sie musste sich eingestehen, dass ihre Ehe in letzter Zeit wie ein Wartesaal war, in dem nur noch über belanglose Dinge gesprochen wurde. Von gegenseitiger Achtung und Vertrauen konnte nicht die Rede sein. All dies versetzte sie in einen betrübten Zustand.

Einige Wochen späte teilte er ihr mit, dass er die Nacht auswärts verbringe. Grund dafür gab er keinen an, erschien aber am folgenden Morgen zum Frühstück. Wieder fragte sie ihn nach seinem Verbleib in der Nacht, bekam aber nach wie vor keinerlei Auskunft.

Da ihr schon längst klar war, dass eine Frau im Spiel sein musste, versuchte sie es mit andern Methoden.

Sie tobte vor Wut, schrie ihn an, machte ihm lauthals Vorwürfe, obwohl dies ganz und gar ihrem Wesen zuwider lief. Antwort gab es auch auf diese Weise keine, und noch weniger, als sie es mit Schmeicheln versuchte.

Nach einigen weiteren Nächten, die er kommentarlos auswärts verbracht hatte, gab sie auf. Sie versuchte nun, mit ihm sachlich über diese Angelegenheit zu reden, in der Hoffnung auf eine Reaktion seinerseits.

Sie: Warum bleibst Du nachts weg und sprichst nicht mit mir darüber? Hast Du immer noch Deine Freundin?

Er: Sagt denn da jemand, ich würde fremdgehen? Nur dass ich nachts manchmal wegbleibe, heisst noch gar nichts.

Sie: Warum sprichst Du dann nicht mit mir darüber?

Er: Da gibt es nichts zu bereden.

Sie: Was passt Dir denn nicht?

Er: Vieles, fast alles an Dir passt mir nicht.

Sie: Was kann ich denn tun, um etwas zu ändern?

Er: Das musst Du schon selber wissen.

Sie: Mir ist es überhaupt nicht mehr wohl in unserer Ehe.

Er: Das ist Dein Problem, es geht mich nichts an.

Sie: Aber es betrifft Dich doch auch, wenn unser Leben so trostlos ist.

Er: Nein, nicht im Geringsten, und das ist schon lange so. Es ist längst nicht mehr mein Problem.

Sie: Warum betrügst Du mich und bist so unehrlich?

Er: Das geht Dich gar nichts an.

Sie: Wieso nicht?

Er: Weil Du mich ohnehin nicht betriffst.

Sie: Was betrifft Dich denn?

Er: Du jedenfalls nicht.

Sie: Was müsste geschehen, dass es Dich betrifft?

Er: Nichts. Es ist mir egal.

Er verweigerte und entzog sich ihr total und war vollkommen unzugänglich. Es kam ihr vor, als würde sie mit dem Kopf gegen eine Wand rennen.

Derartige Gespräche wiederholten sich in regelmässigen Abständen. Dabei bewegte sie sich in einer gefährlichen Abwärtsspirale und verlor langsam ihre Selbstachtung. Sie befürchtete, ihr Selbstwertgefühl vollständig einzubüssen, weil er sie auch bei jeder Gelegenheit kritisierte. Es war ein grauenhafter Teufelskreis.

Bei einem ihrer letzten Versuche schlug sie ihm vor, sie sollten sich für eine gewisse Zeit trennen. Er lehnte es rundweg ab.

Er: Eine Trennung, auch nur vorübergehend kommt nicht in Frage. Entweder wir scheiden oder es bleibt alles, wie es ist.

Sie: Ich bin aber erst fünfzig und habe keine Lust, auf diese Weise mit Dir alt zu werden.

Er: Dann eben nicht, was soll's!

Sie: Heisst das, ich soll mich scheiden lassen?

Er: Nicht unbedingt, es kann auch alles so bleiben, wie es jetzt ist.

Sie: Für mich nicht, ich möchte zwar nicht unbedingt scheiden, aber auf diese Weise weiter leben will ich noch viel weniger.

Er: Dann tu, was Du nicht lassen kannst.

Nach diesem verhängnisvollen letzten Gespräch suchte sie einen Anwalt auf, in der Absicht, sich von ihm zu trennen.

Kurze Zeit später waren sie tatsächlich geschieden, sie zog aus und versuchte, wieder im eigenen Leben Fuss zu fassen. Der Verlust des Selbstwertgefühls, der Mangel an Selbstvertrauen und die Zweifel an sich selbst waren die schlimmsten Folgen, mit denen sie fertig werden musste.

Für ihn war die Scheidung ein Erdbeben, von dem er sich nie wieder erholte. Er hatte seinen Widerpart, von dem er seine Kraft bezogen hatte, eingebüsst und verlor dadurch den Boden unter den Füssen. Nie hätte er gedacht, dass seine Frau den Mut zu diesem letzten Schritt haben würde.

Geschichte einer Ehe

Schon seit etlichen Jahren war Nora nun bereits mit diesem ihrem Mann verheiratet, und ihre Ehe hatte in dieser Zeit schon einige Umgestaltungen durchlaufen, nicht immer erfreuliche, aber manchmal vielleicht auch.

Sie hatten sich am Arbeitsplatz kennengelernt. Zwar hatten sie nahezu seit fünf Jahren im gleichen Institut gearbeitet, sich aber nie bewusst wahrgenommen. Doch dann geschah es eines Tages an einem Betriebsausflug, dass sie einander bemerkt, betrachtet, befühlt und für gut und passend befunden hatten.

Er hatte sie entdeckt und umworben, was nicht allzu schwierig gewesen war, steckte sie damals doch mitten in ihrem Scheidungsprozess. Zudem hatte sie gleich noch einen schweren Autounfall erlitten und war monatelang an Spital und Haus gebunden gewesen und in keiner Weise geeignet für den Beginn einer neuen Beziehung. Aber nach und nach war sie wieder zurückgekommen ins Leben und hatte bemerkt, dass er immer noch da war.

Sie begannen eine unterhaltsame Beziehung, welche bald in ein Liebesverhältnis kippte. Dadurch wachte Nora völlig aus ihrem Dämmerzustand auf und lernte etwas kennen, von dem sie bis anhin nichts Genaues gewusst hatte und das von ihr völlig Besitz ergriff. Als dreifache Mutter war sie im Bild, hatte sich aber immer gefragt, was denn da sonst noch dazu gehörte, das ihr nicht vertraut war. Warum war die ganze Welt, die Dichtung, die Heldensagen, die Lieder und Musik voll von diesem besonderen Zauber, der sich zwischen den

Liebenden entfaltete? Er zeigte es ihr und nannte sie ein Naturtalent.

Für Nora war es eine Offenbarung, die erotische Seite des Liebeslebens kennen, kosten, geniessen und schätzen zu lernen. Endlich hatte sie selbst erfahren, worum es letztlich ging.

Sie genossen ihr entdecktes Zusammensein bei allen möglichen Gelegenheiten, bei jeder Witterung, draussen und drinnen, einfach überall. Beide konnten anscheinend nicht genug davon bekommen.

Er war Mitte dreissig, wie Nora, gebildet, oder vielleicht auch nur gefüllt mit angelesenem Wissen, wohnte jedoch immer noch in seiner Studentenbude. Die meiste Zeit verbrachte er jedoch bei ihr in ihrer hübschen Zweizimmerwohnung. Sie arbeitete nunmehr bei einer Fluggesellschaft und verschaffte ihm dort ebenfalls eine gute Stelle. Alles schien rund zu laufen und sie hätte ihn gerne geheiratet, er aber wollte nicht. Denn noch hing er zu sehr an seiner langjährigen Freundin, die damit rechnete, eines Tages von ihm geheiratet zu werden.

Da entstand der erste kleine Riss in ihrer vermeintlich vollkommenen Beziehung. Er konnte sich nicht entscheiden, weil er es nie gekonnt hatte und es auch künftig nicht können würde. Nora tat einen ersten Blick in den Bereich seines Charakters, den er tunlichst unter Verschluss gehalten hatte, um seine Beziehung mit ihr nicht zu gefährden. Sie hingegen erwartete von ihm seine eigene Entscheidung, nahm sich jedoch vor, ihm genügend Zeit dafür zu lassen. Schliesslich war diese Frau während vier Jahren seine Freundin gewesen. Nur, und das wusste Nora genau, die Beschaffenheit einer Beziehung liess sich keinesfalls in Zeit messen, niemals. Sie ahnte, dass sie in dieser Sache wohl etwas unternehmen müsse, aber sie schob diesen Gedanken noch weit von sich weg.

Noch genossen sie ihr Liebesleben, gingen auf Reisen und dachten nicht an die Zukunft. Aber als sie eines Tages sein Auto bei ihrem Haus stehen sah, stellte sie ihn zur Rede. Das sei purer Zufall gewesen, Nora sei kleinlich und misstrauisch, er hätte sie für grosszügiger und offener gehalten. Sie glaubte ihm nur zu gerne, aber ohne Überzeugung. Das Gift war gesät, und spross immer wieder und immer öfter.

Da stellte ihn Nora vor das Entweder-Oder und er wählte sie. Gewähr und Sicherheit gab es bei Beziehungen von vornherein keine, und das wusste auch Nora.

Kurze Zeit darauf erwartete sie ein Kind von ihm und gab sich der Wunschvorstellung hin, dass er nun wohl bestimmt wusste, wo er seinen Platz hatte.

Sie planten sogar, ein Haus zu bauen und Noras drei ältere Kinder bei sich wohnen zu lassen. Das Verhältnis zwischen gross und klein war recht gut und einigermassen tragfähig, und Nora schob ihre Bedenken kurzerhand in den Untergrund.

Nachgerade hatte sie auch seine versteckten Seiten kennen gelernt. Er konnte kaltblütig lügen und verteidigte seine Lügengeschichten durch alle Böden hindurch. Vielleicht glaubte er sie am Ende selbst. Sein Denken war sehr realitätsfremd und dem ihren entgegengesetzt. Er fühlte sich wohl in seiner selbstgezimmerten Welt, in der alles nach seinem Willen ging. Zudem war er verschlossen, zeigte kaum Freude oder andere Regungen, auch keine Wut, sann höchstens auf perfide Strafmassnahmen, wenn ihm etwas nicht passte.

So parkte er sein Auto hinter, anstatt neben ihrem, damit sie nicht wegfahren konnte, wenn es notwendig war; dann spielte er den Unschuldigen, der ein Versehen begangen habe, obgleich es seine klare Absicht gewesen war.

Er redete praktisch nie, erzählte nichts von früher, gestern oder heute, alles musste ihm aus der Nase gezogen werden, und dann konnte das Ergebnis ebenso gut erlogen sein. Noch blieb Nora genug Humor, um diese Dinge wegzustecken, jedoch machte sich bei ihr ein gewisses sich Abfinden damit breit, was zu einer merklichen Gleichgültigkeit ihm gegenüber führte.

Was aber trotz all dieser Widerwärtigkeiten reibungslos unversehrt geblieben war, das war die erotische Seite ihrer Ehe. Sie fragte sich, wie das vor sich ging, denn sie hegte längst nicht mehr die Gefühle von früher für ihn, zu viel war seither anders geworden, zu zahlreich waren die Beleidigungen und Verletzungen gewesen. In ihrem Alltag fehlte nicht nur die gegenseitige Achtung, sondern beinahe der Anstand. Ausserdem war sie ein mitteilsamer Mensch, er aber legte keinerlei Wert auf eine Unterhaltung oder ein Gespräch mit seiner Frau.

Wenn sie etwas über sein Tun und Lassen erfahren wollte, musste sie Gäste einladen. Dann mimte er wieder den weltoffenen Erfolgsmensch, den er gar nicht war, und gab bereitwillig Auskunft über seine Arbeit, seine Denkweise und seine politische Haltung, so es denn nicht alles geschwindelt war.

Bei diesen Anlässen verlangte er von Nora, dass sie niemals eine andere Meinung als die Seine vertreten durfte. Falls sie dieser Forderung nicht nachkam, folgte einer seiner perfiden Strafakte auf dem Fuss.

Sollte er einmal besonders freundlich zu ihr sein, da wusste sie, und auch ihr Sohn hatte dies schon bemerkt, dass er innerlich einen Angriff auf sie vorbereitete, sei es eine Beleidigung oder Verletzung, welche dann auch prompt erfolgten.

Als sie einmal drei Tage mit ihren Schülern in London weilte, verkaufte er ihr Auto, weil er fand, sie brauche keines, obgleich der Weg zur Schule, wo sie unterrichtete, ohne eigenen Wagen beschwerlich war.

Nicht lange danach verkaufte er ihr Klavier gegen ihren Willen, weil er es als überflüssig bezeichnete, obwohl er wusste, dass sie gerne darauf spielte.

Ein anderes Mal stand ein Blumenstrauss auf dem Tisch, als Nora heimkam. Auf ihre Frage nach dem woher gab er unumwunden zu, dass er seine langjährige Freundin zum Fondue Essen eingeladen hatte. Sie wusste, dass er dies absichtlich in ihrer Abwesenheit getan hatte, um sie für irgendetwas, dessen sie sich gar nicht bewusst war, zu strafen. Fragte sie ihn wofür, antwortete er „du wirst es schon wissen".

Dieses nächtliche gemeinsame Essen mit Freundin und Sohn geschah noch mehrmals. Nora erhob Einspruch und erklärte ihm, er solle dies lassen, es störe sie. Dann kam wieder die alte Leier, dass sie kleinlich sei. Sie versuchte ihm klar zu machen, dass sie unbedingt dabei sein wolle, wenn es denn in ihrem gemeinsamen Zuhause stattfinde. Er aber lachte sie nur aus.

Da wurde ihr schlagartig klar, dass ihre Beziehung zerbröckelt und kaputt war. Was musste in ihrem halbwüchsigen Sohn vorgehen, wenn er sah, wie schäbig sein Vater mit seine

Mutter umging? Sie war fest entschlossen, ihm diesen Eindruck nach Möglichkeit zu ersparen.

Eines Tages verlor er seine Stelle, er sei wegrationalisiert worden. Dass er trotz seiner Bemühungen daraufhin keine Stelle mehr fand, war angeblich begründet durch seine Überqualifikation.

Nun wollte er nach Deutschland zurückkehren, mit Kind und Frau, obwohl er weder Stelle noch Wohnung in Aussicht hatte.

Nora stellte sich quer. Sie meinte, er solle zuerst einmal selber dort Fuss fassen, bevor er die Familie entwurzle. Zudem ging der Bub in die Schule und fühlte sich dort wohl und aufgehoben. Und was sollte mit dem Haus geschehen?

Wegen ihrer Haltung hörte er auf, sich zu bewerben, weil sie ja sowieso nicht mitgehen würde, was sie nie gesagt hatte, vielleicht höchstens einmal gedacht. Noch kam das Geld ins Haus, aber es war abzusehen, dass sie bald einmal mehr würde unterrichten müssen, um die Familie zu unterstützen.

Nachts ging er manchmal aus und kam erst gegen Morgen wieder nach Hause. Sie wusste und spürte, dass er bei seiner Freundin mit den älteren Rechten gewesen war.

An einem dieser einsamen Abende war Nora so verzweifelt und zerrissen, dass sie sich mit einer Flasche Wein vor den Fernseher setzte und einfach nur heulte, weinte und trank, bis die Flasche leer war und sie stockbesoffen. Mittlerweilen war ihr Mann nach Hause gekommen und war schlafen gegangen. Sie ging ins Schlafzimmer und machte ihm in ihrem Zorn eine bühnenreife laute Szene. Was sie sagte, wusste sie nicht mehr, aber dass ihr Sohn kam und ganz bestürzt und entsetzt fragte, was los sei, machte sie wieder halbwegs nüchtern. Ihr Mann brachte sie ins Bett ihres Sohnes, und als sie am Morgen aufwachte, waren die beiden bereits ausser Haus.

Von diesem Tag an verabscheute sie sowohl sich als auch ihren Mann für ihr Tun. Ein grosses Loch tat sich vor ihr auf, in welches sie zu fallen drohte, und dann auch fiel.

Sie fand ihren einst so tollen Mann ein Scheusal, hatte nur noch Verachtung, Abneigung und Gleichgültigkeit für ihn. Vor sich graute ihr förmlich, sie verachtete sich genauso voll Widerwillen.

Die Ursache für die zwiespältige Grundhaltung in ihr war die Tatsache, dass sie nach wie vor, zwar mit Schaudern und gesteuert durch ein Gemisch aus Wut und Genuss, ihren ehelichen Pflichten nachkam. Sie war so voll Zorn und Widerwillen, gegen sie beide, dass sie verbissen weitermachte, auch als er sie anflehte: hör auf! Sie aber quälte sie beide absichtlich.

Nachher hasste sie sich umso mehr für ihr Tun, wobei es jedes Mal dasselbe blieb. Sie waren beide in einem Teufelskreis und am verrückt werden. Ihr Hass gegen sich selbst und ihre Abscheu gegen ihn hatten die beiden fest im Griff und brachte sie beinahe um den Verstand. So konnte es nicht weitergehen, vor ihnen tat sich ein gefährlicher Schlund auf

Was ein schändlicher Jammer und Graus, diesen grossartigen Aspekt der Persönlichkeit, der Freude und Hingabe, auf diese Art und Weise zu missbrauchen! Es war ein Verbrechen! Sie fühlte sich zerrissen und krank durch diesen inneren Zwiespalt.

Als sie ihn um ein Gespräch bat, lachte er nur und sagte, das nütze alles nichts. Sie bat ihn abermals, mit ihr in eine Beratung zu gehen, aber auch da machte er sich nur lustig über ihren Vorschlag. Er konnte sich nicht eingestehen, dass er genauso Hilfe brauchte wie sie.

Als er sich weiterhin weigerte, mit ihr zu reden, um einen Weg aus ihrer gemeinsamen Sackgasse zu finden, sagte sie ihm deutlich, dass sie sich scheiden lassen wolle, wenn er nicht Hand biete. Er erwiderte lediglich: dann tu`s doch endlich!

Wieder und wieder hatten sie das gleiche Gespräch und ihre Nächte waren turbulent und teuflischer denn je. Beide rächten sich am andern für den Verlust ihres Elysiums, beide waren aber selber schuld daran.

Eines Tages beschloss Nora, die Scheidung zu beantragen, was ihr trotz allem sehr schwer fiel. Aber auf diese grausame und vernichtende Weise wollte und konnte sie nicht mehr leben. Auch im Interesse ihres Sohnes musste eine Lösung gefunden werden. Da sein Vater arbeitslos war, wartete er täglich auf ihn und beschlagnahmte ihn. Das passte dem Jungen nicht, denn er wollte lieber mit seinen Freunden zusammen sein. Nora versuchte, zu vermitteln, was wiederum zu neuen Streitigkeiten zwischen den Eltern führte.

Kurzerhand suchte sie eine Wohnung im Nachbardorf, damit ihr Sohn auch die Schule wechseln konnte, packte ihre Sachen und mit der Hilfe ihrer älteren Kinder zog sie sang- und klanglos aus. Auf dem Esstisch hinterliess sie einen Zettel, dass er wusste, dass sie nun die Scheidung einreichen würde, und er bitte die Katze füttern solle.

Zwar war sie ihn jetzt los, aber kuriert war sie ganz und gar nicht von ihrer Gier nach Vergeltung. Mit der Zeit jedoch wich der Schrecken davor langsam von ihr, und sie wartete. Sie wusste, dass er wieder zurückkommen würde. Er konnte so wenig davon lassen wie sie.

Ihre Scheidung verlief ohne Zwischenfall, mit Ausnahme ihres Erstaunens, als sie hörte, dass ihr Lohn zwar ihr gehörte, aber im Falle einer Notwendigkeit für die Familie gebraucht werden musste. Weiterhin erfuhr sie, dass sein angespartes Pensionskassen Vermögen ihm allein gehörte. Ausserdem stand ihr nur ein Drittel des Wertes des Hauses zu, er aber behielt zwei Drittel. Am Tag nach der Scheidung fing er an einer neuen Stelle zu arbeiten an, was sie nicht gewusst hatte.

Eine Frau zu sein hat wahrlich mehr Nachteile als Vorteile!

Eines Tages stand er an ihrer Tür und bat sie, mit ihm zurück ins Haus zu kommen und mitzunehmen, was noch alles ihr gehörte. Sie vermutete bereits, was kommen würde, und es dauerte nicht lange, bis sie beide in ihrem Ehebett landeten. Dabei war es ein rein gewohnheitsmässiges, grobes und hasserfülltes Abwickeln. Sie war wieder todunglücklich über sich selbst und schwor sich, nie mehr mitzumachen. Aber immer wieder geschah es auf die gleiche Weise.

Plötzlich stand er wieder einmal an ihrer Tür und teilte ihr mit, dass er geschäftlich für sechs Monate nach Afrika gehen müsse.

Das war ihre günstige Gelegenheit. Kaum war er weg, meldete sie sich bei einem Psychotherapeuten an, ging jede Woche zu ihm und beantwortete seine vielen Fragen. So konnte sie all ihre Feindseligkeit und Wut loswerden, niemand der sie deswegen schalt oder hasste. Auch entwickelte sie wieder ein normales Verhältnis zu sich selber und all die Bitterkeit war langsam verschwunden. Sie fühlte sich von Tag zu Tag freier.

Als er nach einem halben Jahr aus Afrika zurückkehrte und tatsächlich die alte Gewohnheit wieder aufnehmen wollte, da war sie froh, ihm unumwunden und ohne unbestimmte Gefühle von der Leber weg nein und niemals mehr sagen zu können, und so war es seither geblieben.

Lange Zeit war Nora nun schon allein gewesen, hatte mal hier oder dort einen Verehrer gehabt, aber keiner war ihr nahe genug gestanden, um nochmals ein Risiko einzugehen.

Irgendeinmal würde voraussichtlich ihre unsichtbare Wand zusammenbrechen und sie würde sich wieder dem Leben mit all seinen wunderbaren Möglichkeiten öffnen, denn vieles hatte sie sich in der Zwischenzeit versagt. Sie wartete!

Eine Begegnung

Nora begegnete diesem Menschen anlässlich einer geschäftlichen Besprechung. Sie sassen sich an einem langen Tisch gegenüber, wobei sie gegen das Licht blickte. Das Sitzungszimmer war sehr ordentlich und aufgeräumt, auch irgendwie unpersönlich, passend für derartige Gespräche. Es war an einem dunklen Tag. Obwohl erst früher Nachmittag war, schien es bereits zu dämmern. Ein Geruch nach altem Holz hing in der Luft und der Raum machte einen eher unbelebten und nüchternen Eindruck.

Das Gespräch war ruhig, sachlich und nahm einen unbewegten Verlauf. Die Stimmung aber, welche sie wahrnahm, war alles andere als gewohnt oder alltäglich. Dieser Mann erschien Nora wie ein alter Bekannter, er berührte etwas in ihr, was ihr unbekannt war, was sie aber völlig gefangen nahm, dem sie sich nicht entziehen konnte, das ganz von ihr Besitz ergriff. Sie erschrak, war sichtlich betroffen und erstaunt.

Wie in Trance ging sie nach Hause. Der starke, ungewöhnliche Eindruck, den dieser Mann bewirkt hatte, blieb etliche Tage an ihr haften.

Eine Woche später hatte sie einen neuerlichen Besprechungstermin und war völlig überwältigt, dass die Empfindung dabei haargenau dieselbe war. Seine Ausstrahlung ging ihr durch Mark und Bein, sie fühlte sich, als wäre sie irgendwie angekommen.

Die Erinnerung an diese beiden Begegnungen begleitete sie in den nächsten Wochen, es schien ihr, als hätte sie ihr inneres Selbst getroffen. Sie war seltsam beschwingt und erfreut, ging entspannt und fröhlich durch ihren Alltag, genoss und schätzte ihr Leben. Es kam ihr vor, als wäre sie aus einer Starre ins Leben zurückgekehrt, frisch und neu, voll Neugier und Tatendrang!

Zeitfracht Medien GmbH
Ferdinand-Jühlke-Straße 7
99095 Erfurt, Deutschland
produktsicherheit@kolibri360.de